16	3	2	13
5	10	11	8
9	6	7	12
4	15	14	1

Bruno Schulz

LOJAS DE CANELA
e outras narrativas

Tradução e notas
Henryk Siewierski

Posfácio
Angelo Maria Ripellino

editora■34

EDITORA 34

Editora 34 Ltda.
Rua Hungria, 592 Jardim Europa CEP 01455-000
São Paulo - SP Brasil Tel/Fax (11) 3811-6777 www.editora34.com.br

Copyright © Editora 34 Ltda., 2019
Tradução © Henryk Siewierski, 1997, 2012, 2019
Posfácio © Angelo Maria Ripellino, 1970

A FOTOCÓPIA DE QUALQUER FOLHA DESTE LIVRO É ILEGAL E CONFIGURA UMA
APROPRIAÇÃO INDEVIDA DOS DIREITOS INTELECTUAIS E PATRIMONIAIS DO AUTOR.

Imagem da capa:
Desenho de Bruno Schulz
Capa, projeto gráfico e editoração eletrônica:
Bracher & Malta Produção Gráfica
Revisão:
Danilo Hora

1ª Edição - 2019

CIP - Brasil. Catalogação-na-Fonte
(Sindicato Nacional dos Editores de Livros, RJ, Brasil)

S251l	Schulz, Bruno, 1892-1942
	    Lojas de canela e outras narrativas /
	Bruno Schulz; tradução e notas de Henryk
	Siewierski; posfácio de Angelo Maria Ripellino
	— São Paulo: Editora 34, 2019 (1ª Edição).
	224 p.
	
	Tradução de: Sklepy cynamonowe
	
	ISBN 978-85-7326-746-4
	
	    1. Literatura polonesa. I. Siewierski,
	Henryk. II. Ripellino, Angelo Maria, 1923-1978.
	III. Título. IV. Série.
	
	CDD - 891.8

LOJAS DE CANELA
e outras narrativas

Lojas de canela

Agosto...	9
A visitação..	19
Os pássaros..	27
Os manequins..	33
Tratado dos manequins ou O segundo Gênesis..........	41
Tratado dos manequins (continuação)......................	46
Tratado dos manequins (final)..................................	49
Nemrod...	55
Pã..	60
O sr. Karol..	64
Lojas de canela...	68
A rua dos Crocodilos...	81
As baratas...	93
A tempestade..	98
A noite da Grande Estação....................................	105

Outras narrativas

A primavera (fragmento)..	121
O outono...	126
República dos sonhos..	133
O cometa...	142
A pátria..	164

Posfácio, *Angelo Maria Ripellino*.........................	173
Sobre o autor...	217
Sobre o tradutor...	221

LOJAS DE CANELA

AGOSTO

I

Em julho meu pai viajava para uma estação de águas e me deixava entregue, com minha mãe e meu irmão mais velho, à voragem dos dias de verão, estonteantes e brancos de calor. Embriagados com a luz, folheávamos aquele grande livro das férias, cujas folhas todas ardiam de tanto fulgor e tinham no fundo a polpa das peras douradas, doce de desmaiar.

Nas manhãs luminosas, Adela voltava do fogo do dia incandescente como Pomona,[1] despejando de sua cesta a beleza colorida do sol — as cerejas brilhantes, cheias de água sob a casca transparente, as misteriosas ginjas pretas, cujo perfume superava tudo que o sabor pudesse oferecer, os damascos, cuja polpa dourada guardava a medula das tardes prolongadas, e, com essa poesia pura das frutas, descarregava também as mantas de carne, com seus teclados de costelas de vitela, inchadas de força e de nutrição, e as algas de legumes feito moluscos e medusas mortos —, a crua matéria-prima do almoço, de sabor ainda indefinido e estéril, os ingredientes vegetais e telúricos do almoço, de cheiro selvagem e campestre.

A cada dia, todo um grande verão atravessava o apartamento escuro no primeiro andar de um prédio junto à praça da cidade: o silêncio dos anéis trepidantes de ar; os qua-

---

[1] Na mitologia romana, a deusa dos pomares. (N. do T.)

drados de fulgor sonhando seu sonho ardente no assoalho; a melodia do realejo, arrancada do mais profundo veio de ouro do dia; dois, três compassos de um refrão de piano, tocados uma e outra vez, em algum lugar, desmaiados ao sol nas calçadas brancas, perdidos no fogo do dia profundo. Depois de arrumar a casa, Adela estendia a sombra pelos quartos, puxando as cortinas de pano. As cores então desciam uma oitava, o quarto enchia-se de sombra como se imerso na luz das profundezas do mar e refletido de modo ainda mais turvo nos espelhos verdes, e todo o calor do dia respirava naquelas cortinas, que ondulavam levemente com os sonhos da hora da sesta.

Nas tardes de sábado, eu saía para passear com minha mãe. Da meia-luz do saguão entrava-se direto no banho de sol do dia. Os transeuntes, patinhando no ouro, tinham os olhos pregados de ardor, como que grudados de mel, e o lábio superior levantado descobria-lhes as gengivas e os dentes. E todos, patinhando no dia dourado, tinham aquela careta da canícula, como se o sol pusesse em seus seguidores uma mesma máscara — a máscara dourada da irmandade solar; e todos que naquele dia passeavam pelas ruas se encontravam, cruzavam-se, velhos e jovens, crianças e mulheres, cumprimentavam-se com suas máscaras pintadas com uma tinta dourada e grossa, arreganhavam uns aos outros essa careta dionisíaca — a máscara bárbara de um culto pagão.

A praça estava vazia e amarela de calor, varrida de toda poeira pelos ventos quentes, como um deserto bíblico. As acácias espinhosas, crescidas do vazio da praça amarela, ferviam sobre ela com sua folhagem clara, com seus ramos de filigranas verdes preciosamente articuladas, como as árvores nas antigas tapeçarias de Gobelins. Parecia que essas árvores excitavam o vendaval, agitando teatralmente as suas copas para mostrar, numa pose patética, a elegância dos seus leques de folhas, com seus ventres prateados feito pele de raposa nobre. As casas antigas, polidas por ventos de muitos dias, tomavam as cores dos reflexos da grande atmosfera, dos ecos e das lembranças das tintas dissipadas no fundo do tempo colorido. Parecia que gerações inteiras de dias de verão (como estucadores pacientes que retiram de fachadas velhas o mofo do reboco) batiam-se contra aquele verniz mentiroso, desvelando, cada dia com mais nitidez, a verdadeira face das casas, a fisionomia do destino e da vida que as moldava por dentro. Agora, ofuscadas pela luz da praça vazia, as janelas dormiam; as varandas confessavam o seu vazio ao céu; os saguões abertos cheiravam a frescor e a vinho.

Um grupo de maltrapilhos, escapando, num canto da praça, da vassoura flamejante da canícula, cercava um pedaço de muro e punha-o à prova repetidas vezes com lances de botões e moedas, como se a partir do horóscopo desses discos de metal fosse possível decifrar o verdadeiro mistério daquele muro, desenhado com os hieróglifos das fendas e das fissuras. Afinal, a praça estava vazia. Havia a expectativa de que o jumento de um samaritano, puxado pelo cabresto, chegasse à sombra das acácias vacilantes, diante do saguão abobadado do adegueiro, repleto de barris, e de que os dois criados tirassem cautelosamente um homem enfermo da sela abrasada, e o levassem com cuidado escada fria acima para um andar com cheiro de sabá.

Eu andava assim com minha mãe pelos dois lados ensolarados da praça, e em todas as casas deixávamos as nossas sombras dobradas, como num teclado. Sob os nossos passos suaves, lentos e lisos, iam ficando para trás os quadrados do pavimento — alguns de um rosa pálido, como a pele humana, outros, roxos e dourados, mas todos lisos, quentes e veludosos ao sol, lembrando rostos solares que foram pisoteados até o apagamento, até o delicioso nada.

Até que, finalmente, na esquina da rua Stryjska, adentramos a sombra da farmácia. Um jarro enorme de suco de framboesa, exposto numa grande janela, simbolizava o frescor dos bálsamos, capaz de aliviar qualquer sofrimento. Passadas mais algumas casas, a rua já não podia manter o decoro da cidade, como um camponês que, voltando à aldeia, desvencilha-se no caminho de toda a sua elegância citadina, e transforma-se, aos poucos, na medida em que se aproxima da aldeia, num rústico maltrapilho.

As casas do subúrbio naufragavam com as suas janelas, afundadas na exuberante e emaranhada floração dos pequenos jardins. Esquecidas pelo grande dia, espalhavam-se, abundantes e silenciosas, todas as plantas, flores e ervas daninhas, contentes com esse intervalo em que podiam cair num sono além das margens do tempo, nos confins do dia interminável. Um enorme girassol, levantando-se sobre a sua haste possante e sofrendo de *elephantiasis*, esperava num luto amarelo os últimos tristes dias de sua vida, curvando-se ao peso da hipertrofia de sua monstruosa corpulência. Mas as ingênuas campânulas suburbanas e as triviais flores de percal ficavam perplexas em suas camisas engomadas, brancas e rosadas, sem nada entender da grande tragédia do girassol.

II

A moita emaranhada de capins, ervas daninhas, joios e cardos arde no fogo da tarde. A sesta do jardim zune com um enxame de moscas. O restolho dourado grita ao sol, como os ruivos gafanhotos; sob a forte chuva de fogo berram os grilos; as vagens, cheias de sementes, explodem em silêncio, feito cigarras.

E junto à cerca, o pelico de capim levanta-se numa bojuda corcunda-colina, como se o jardim, ao dormir, se virasse de um lado para o outro e seus amplos ombros de camponês respirassem o silêncio da terra. Naqueles ombros do jardim, a desmazelada abundância feminina de agosto agigantava-se em abismos surdos de enormes bardanas, expandia-se em fatias de uma chapa cabeluda de folhas, em línguas exuberantes de verde carnudo. Ali, os esbugalhados bonecos de bardanas arregalavam-se como mulheres amplamente refesteladas, quase devoradas pelas próprias saias enlouquecidas. Ali, o jardim vendia de graça os mais baratos cachos de sabugueiro, o painço grosso de tanchagem, com cheiro de sabão, a brava aguardente de menta e todos os piores trastes de agosto. Mas do outro lado da cerca, atrás daquele imo do verão em que se espalhara a estupidez das ervas daninhas, havia um monturo coberto desordenadamente pelo cardo. Ninguém sabia que era justamente ali que agosto, naquele verão, celebrava a sua grande orgia pagã. Naquele monturo, encostada à cerca e coberta pelo sabugueiro, encontrava-se a cama da cretina Tłuja. Todos nós a chamávamos assim. Naquele monte de lixo e de restos, de velhas panelas, chinelos, escombros e entulho, ficava a cama pintada de verde com dois tijolos velhos substituindo o pé que faltava.

Irritado de tanto calor, cortado pelos relâmpagos das moscas-do-gado enfurecidas pelo sol, o ar estalava sobre esses escombros como chocalhos invisíveis, excitava-os a ponto de deixá-los loucos.

Tłuja está sentada de cócoras entre lençóis amarelos e farrapos. O molho de cabelos negros de sua enorme cabeça se arrepia. Seu rosto encolhe e desencolhe como um fole de acordeão. De tempos em tempos, uma careta de choro fecha esse acordeão em mil dobras transversais, enquanto outra, de estranheza, estende-o de novo, alisa as suas dobras, desvela as frestas dos olhos pequeninos e as gengivas úmidas com dentes amarelos sob o beiço focinhudo e carnudo. Passam-se horas, cheias de calor e de tédio. Tłuja balbucia a meia-voz, cochila, resmunga baixinho e pigarreia. Um enxame compacto de moscas cerca a sua figura imóvel. Mas, de repente, todo esse amontoado de trapos sujos, farrapos e pandarecos começa a se mover, como se acordado pelo ruído dos ratos que ali habitam. As moscas despertam assustadas e levantam voo num enxame grande e barulhento, repleto de um zumbido furioso, de clarões e lampejos. E quando os farrapos caem no chão, dissipando-se no monturo como ratos afugentados, deles sai, desembrulha-se, aos poucos, um caroço, descasca-se a medula do lixo: seminua e morena, a cretina se levanta devagar e, feito um ídolo pagão, fica postada com suas curtas perninhas de criança, e do pescoço inchado pelo fluxo de cólera, do rosto avermelhado e escurecido pela raiva, em que os arabescos das veias intumescidas florescem como desenhos bárbaros, desprende-se um berro selvagem, um grito roncoso, tirado de todos os brônquios e flautas daquele peito meio animal, meio divino. Os cardos queimados pelo sol gritam, as bardanas incham-se e vangloriam-se de sua carne indecente, as ervas daninhas babam um veneno brilhante, enquanto a cretina, rouca de tanto gritar, bate com fúria e convulsão selvagem seu ventre carnudo contra o tronco do sabugueiro, que range baixinho sob a insistência do desejo devasso, conjurado por todo aquele miserável coro à desnaturada fecundidade pagã.

A mãe de Tłuja se oferece às donas de casa para esfregar o chão. É uma mulher pequena, amarela como açafrão, e com açafrão tempera também os assoalhos, as mesas de pinheiro, os bancos e as arcas de madeira que esfrega nos quartos das pessoas humildes. Uma vez Adela me levou à casa dessa velha Maria. Era de manhã cedo quando entramos no pequeno quarto pintado de azul com um encasque de barro no chão, em que se estendia o sol recém-nascido, bem amarelo naquele silêncio matinal medido pelo chiado estridente de um relógio rústico de parede. Dentro de uma arca, na palha, estava deitada a louca Maria, pálida feito uma hóstia e quieta como uma luva da qual se retirou a mão. E, como que se aproveitando do sono dela, o silêncio falava, um silêncio amarelo, berrante e mau, monologava, brigava, recitava alta e ordinariamente o seu monólogo maníaco. O tempo de Maria, tempo preso em sua alma, transbordara, terrivelmente real, e andava livre pelo quarto, barulhento, tempestuoso, infernal, crescendo de um relógio-moinho sonoro no silêncio gritante da manhã, feito uma farinha ruim, uma farinha solta, a farinha estúpida dos doidos.

III

Numa daquelas casas, rodeada por uma cerca de madeira marrom, afundada no verde exuberante do jardim, morava a tia Ágata. Ao entrarmos na casa, passávamos pelo jardim, junto às bolas de vidro fixadas em varas,[2] bolas cor-de-rosa, verdes, violeta, de um encanto que abrigava mundos inteiros, luminosos e límpidos, como aqueles quadros felizes e ideais encerrados na perfeição inalcançável das bolhas de sabão.

No saguão meio escuro, revestido de velhas oleografias corroídas pelo mofo e cegas de velhice, encontrávamos um cheiro familiar. Naquele antigo perfume de confiança residia, numa síntese estranhamente simples, a vida daquelas pessoas, o alambique de sua raça, o tipo de seu sangue e o segredo de seu destino, retido de forma imperceptível na passagem cotidiana de seu próprio e distinto tempo. A porta, velha e sábia, cujos suspiros sombrios permitiam que aquelas pessoas entrassem e saíssem, testemunha muda da entrada e da saída da mãe, das filhas e dos filhos, abriu-se sem ruído, como as portas de armário, e nós entramos na vida delas. Es-

---

[2] No início do século XX era comum em Drohobycz o costume de enfeitar os jardins com esferas coloridas de vidro. (N. do T.)

tavam sentadas como que à sombra do próprio destino, sem nenhuma resistência, e com os seus primeiros gestos desajeitados nos entregaram o seu segredo. Não fôramos aparentados a elas pelo sangue e pelo destino?

A sala era escura, aveludada pelos revestimentos azul-escuros com desenhos dourados, mas um eco do dia flamejante ainda vibrava ali, no latão das molduras dos quadros, nas maçanetas e nos sarrafos dourados, embora já estivesse filtrado pelo verde-escuro do jardim. Tia Ágata, que estava sentada junto à parede, levantou-se, grande e opulenta, de carnes redondas e brancas, malhadas pela ferrugem avermelhada das sardas. Sentamos ao lado deles, como que na beira do seu destino, um pouco envergonhados por estarem desarmados e entregarem-se a nós sem reserva. Tomávamos água com suco de rosa, uma bebida estranhíssima, na qual encontrei a mais profunda essência daquele sábado tórrido.

A tia queixava-se. Era esse o tom principal de suas conversas, a voz daquelas carnes brancas e prolíferas, que pareciam flutuar já além dos limites de sua pessoa mal mantida em estado sólido, nos laços de uma forma individual, e que, mesmo naquela solidez já multiplicada, estava disposta a se desintegrar, a ramificar-se, a dissipar-se em família. Era uma fecundidade quase autógena, uma feminilidade desprovida de freios e patologicamente viçosa.

Parecia que o próprio aroma da virilidade, o cheiro de fumo, a piada de um solteirão, podiam dar o impulso para a partenogênese devassa daquela feminilidade inflamada. Na verdade, todas as suas queixas sobre o marido, os empregados, sua preocupação com as crianças, eram apenas caprichos e amuos da fertilidade insaciada, um prolongamento daquele coquetismo arrogante, raivoso e choramingueiro com que testava inutilmente o marido. Tio Marek, pequeno, curvado, de rosto assexuado e estéril, ficava sentado em sua bancarrota cinzenta, resignado, parecia descansar à sombra de um desprezo incomensurável. Em seus olhos pardos luzia a brasa distante do jardim que se estendia na janela. De vez em quando, com um gesto anêmico, tentava apresentar algumas objeções, resistir, mas a onda de feminilidade autossuficiente repelia o gesto sem importância, passava ao largo, triunfante, inundava com sua larga torrente os fracos arroubos de virilidade.

Havia algo de trágico naquela fertilidade desmazelada e sem freios, havia a miséria de uma criatura que luta na beira do nada e da morte, havia o heroísmo da feminilidade que triunfa através da fertilidade até sobre o aleijão da natureza, sobre a insuficiência do homem. Mas a prole mostrava a razão daquele pânico da maternidade, daquela fúria de procriar que se esgotava em fetos fracassados, numa geração efêmera de fantasmas sem sangue e sem rosto.

Entrou Łucja, de estatura mediana, com a cabeça florescente, madura demais, assentada num corpo infantil e fofo, de carne delicada e branca. Deu-me sua mão pequenina de boneca, que parecia um broto, e todo o seu rosto floriu imediatamente, feito a peônia quando transborda a sua plenitude cor-de-rosa. Infeliz por causa dos rubores, que transmitiam desavergonhadamente os segredos da menstruação, ela semicerrava os olhos e corava ainda mais ao toque de uma pergunta, mesmo a mais inocente, pois cada uma escondia uma alusão secreta à sua hipersensível virgindade.

Emil, o mais velho dos primos, de bigode louro-claro e um rosto do qual a vida lavara toda e qualquer expressão, passeava na sala com as mãos nos bolsos das calças franzidas.

Seu elegante e precioso traje tinha a marca dos países exóticos de onde havia voltado. Seu rosto murcho e opaco parecia esquecer-se de si mesmo a cada dia, tornar-se uma parede vazia e branca, com uma rede pálida de veias que se confundiam, como as linhas de um mapa apagado, desaparecendo nas lembranças dessa vida turbulenta e desperdiçada. Era mestre nas artes do baralho, fumava cachimbos compridos e nobres e cheirava estranhamente a perfume de países longínquos. Com os olhos perambulando pelas lembranças do passado, contava estranhíssimas anedotas, que num certo ponto, de repente, interrompiam-se, desengatavam e dissipavam-se no nada. Eu o seguia com um olhar saudoso, na esperança de que reparasse em mim e me salvasse da angústia do tédio. E, realmente, tive a impressão de que piscou um olho, saindo da sala para o quarto. Fui atrás dele. Estava afundado num pequeno canapé, com os joelhos cruzados quase à altura da cabeça, careca feito uma bola de bilhar. Dava a impressão de ser apenas uma roupa, ondulada, amarrotada, jogada na poltrona. Seu rosto era como um sopro de rosto — um vestígio que um transeunte desconhecido tivesse deixado no ar. Em suas mãos pálidas, de um azul esmaltado, segurava uma carteira, e olhava alguma coisa dentro dela.

Da neblina do seu rosto emergiu com dificuldade a belida convexa de um olho pálido, atraindo-me com uma piscadela travessa. Senti uma simpatia enorme por ele. Ele me pegou, colocou-me entre os seus joelhos e, embaralhando habilmente as fotografias sob os meus olhos, mostrou-me imagens de mulheres nuas e rapazes em posições estranhas. Encostado nele, eu olhava esses delicados corpos humanos com olhos distantes que nada enxergavam, quando o fluido de uma agitação vaga, que de repente embaciou o ar, atingiu-me, percorreu o meu corpo com um frêmito de ansiedade, com uma onda súbita de compreensão. Entretanto, essa névoa de sorriso que se desenhou sob o seu belo e macio bigode, esse embrião de desejo que se retesou em suas têmporas com uma veia pulsante, essa tensão que por um momento manteve as suas feições concentradas — desabaram, voltando ao nada, e o rosto retirou-se para a ausência, esqueceu-se de si próprio, dissipou-se.

A VISITAÇÃO

I

Já naquele tempo a nossa cidade caía cada vez mais no cinzento crônico do crepúsculo, cobria-se nas margens de líquen da sombra, do mofo penugento e do musgo cor de ferro. Mal despido ainda das fumaças marrons e das neblinas matinais, o dia inclinava-se imediatamente para uma tarde baixa de âmbar, ficava, por um momento, transparente e dourado como cerveja preta, para em seguida descer até debaixo das fantásticas e múltiplas abóbadas de noites amplas e coloridas.

Morávamos na praça, numa dessas casas escuras de fachada vazia e cega, tão difíceis de distinguir umas das outras.

Isso era motivo de constantes enganos. Porque, uma vez tendo entrado num saguão ou numa escadaria inadequados, chegava-se habitualmente a um verdadeiro labirinto de outras casas, de alpendres, de saídas inesperadas para pátios alheios, e esquecia-se do objetivo inicial da expedição, para, muitos dias depois, ao voltar numa madrugada cinzenta dos descaminhos de aventuras estranhas e emaranhadas, lembrar--se com remorso da casa paterna.

A nossa casa, cheia de grandes armários, sofás profundos, espelhos pálidos e palmeiras artificiais de segunda mão, caía cada vez mais num estado de abandono por causa do desleixo da minha mãe, que ficava horas na loja, e da negligência de Adela, de pernas esguias, que, não sendo vigiada por ninguém, passava dias em frente ao espelho numa toalete prolixa, deixando por todo lado seus vestígios, em forma de fios de cabelo, pentes, sapatinhos e espartilhos abandonados.

A casa não tinha um número definido de quartos, porque nunca ninguém se lembrava quantos deles eram alugados. Muitas vezes abria-se por acaso um desses cômodos esquecidos para encontrá-lo vazio; o inquilino mudara-se havia muito tempo, e nas gavetas, intocadas nos últimos meses, faziam-se descobertas surpreendentes.

Nos quartos de baixo moravam os vendedores, e muitas vezes acordávamos à noite com seus gemidos, que eles soltavam imersos em pesadelos. No inverno, era ainda noite surda lá fora quando meu pai descia àqueles quartos frios e escuros, espantando com a vela diante de si as manadas de sombras, que fugiam para os lados, pelo chão e pelas paredes; ia acordar de um sono duro como pedra os tão esforçados roncadores.

À luz da vela que ele deixava no quarto, os moços desemaranhavam-se preguiçosamente dos lençóis sujos, sentavam nas camas expondo seus pés descalços e feios e, com as meias na mão, entregavam-se ainda por um instante ao prazer do bocejo — um bocejo estendido, que chegava à volúpia, à contração dolorida do céu da boca, como num vômito muito forte.

Nos cantos do quarto, enormes baratas jaziam imóveis, engrandecidas pelas próprias sombras, lançadas pela vela acesa, que não desgrudavam delas mesmo quando uma daquelas carcaças achatadas e sem cabeça começava a sua assombrosa corrida de aranha.

Foi nessa época que meu pai começou a ter problemas de saúde. Já nas primeiras semanas daquele inverno prematuro, às vezes ficava dias inteiros de cama, rodeado de frascos, comprimidos e livros comerciais que lhe traziam do escritório. O cheiro amargo da doença assentava no fundo do quarto, enquanto o papel de parede adensava-se com um trançado mais espesso de arabescos.

À noite, quando minha mãe chegava da loja, ele ficava excitado e propenso a brigas, acusava-a de imprecisão nas contas, enrubescia e assanhava-se até perder o controle. Lembro-me de ter visto, certa vez, ao acordar no meio da noite, como ele corria de lá para cá em cima do sofá de couro, descalço e só de camisa, demonstrando assim a sua irritação perante minha mãe, toda perplexa.

Noutros dias ficava calmo e concentrado, mergulhado em seus livros, perdido no fundo dos labirintos de complicadíssimos cálculos.

Vejo-o à luz de uma lâmpada fumegante, acocorado entre os travesseiros, sob a grande cabeceira esculpida, a enorme sombra de sua cabeça balançando na parede em silenciosa meditação.

Às vezes levantava a cabeça dos cálculos, como se quisesse tomar fôlego, abria a boca, dava estalidos de desgosto com a língua seca e amarga e, desamparado, olhava para os lados como se procurasse alguma coisa.

Costumava então descer em silêncio da cama e correr para um canto do quarto, junto à parede em que estava pendurado certo instrumento de confiança. Era uma espécie de clepsidra, uma grande ampola de vidro, dividida em onças e preenchida de um fluido escuro. Meu pai ligava-se a esse instrumento através de uma comprida tripa de borracha, feito um tortuoso e dolorido cordão umbilical, e assim ligado ao triste aparelho ficava imóvel em recolhimento, enquanto os seus olhos escureciam, e no rosto empalidecido apareciam sinais de sofrimento, ou de um prazer pecaminoso.

Depois chegavam novamente os dias de trabalho silencioso e recolhido, entrelaçados com monólogos solitários. Quando sentava-se assim, à luz da lâmpada de mesa, entre os travesseiros do grande leito, e o quarto agigantava-se no alto, à sombra do abajur, sombra que o ligava ao grande elemento da noite urbana além da janela, ele sentia, sem olhar, que o espaço cobria-o com uma selva de papel de parede pulsante, cheia de sussurros, silvos e ceceios. Ouvia, sem olhar, aquele complô cheio de piscadelas secretas, olhos de gato, lábios escuros que sorriam e orelhas que escutavam, desabrochando entre as flores.

Então ele ficava aparentemente ainda mais imerso no trabalho, contava e somava, com medo de trair-se por essa ira que nele crescia, lutando contra a tentação de lançar-se para trás, às cegas, com um grito inopinado, e apanhar a mancheias esses arabescos encarapinhados, essas pencas de olhos e orelhas que a noite gerara e que cresciam e se multiplicavam, lançando em delírio, do umbigo materno da escuridão, sempre novos rebentos e braços. E só se acalmava quando, com o refluxo da noite, o papel de parede começava a murchar, enrolar-se, perder folhas e flores, rarefazendo-se outonalmente e deixando passar por si a madrugada que vinha de longe.

Então, em meio ao chilreio dos pássaros do papel de parede, na madrugada amarela do inverno, ele caía por algumas horas num sono negro e denso.

Desde aqueles dias, semanas, em que parecia imerso em complicadas contas-correntes, seu pensamento penetrava secretamente nos labirintos de suas próprias entranhas. Ele prendia a respiração e escutava. E quando o seu olhar, pálido e turvo, voltava daquelas profundezas, ele o tranquilizava com um sorriso. Ainda não acreditava, rejeitava aquelas pretensões, aquelas propostas que o assediavam, como algo absurdo.

De dia, pareciam raciocínios e persuasões, longas e monótonas deliberações, conduzidas a meia-voz e cheias de interlúdios humorísticos, gracejos maliciosos. Mas à noite essas vozes levantavam-se com ainda mais fervor. A exigência voltava cada vez mais explícita e sonora, e podíamos ouvi-lo falando com Deus, como se pedisse e recusasse algo que não parava de exigir e reclamar.

Até que uma noite essa voz severa e irresistível ergueu-se, exigindo que lhe desse um testemunho com a sua própria boca e as suas próprias entranhas. E ouvimos o espírito entrando nele, ouvimos como se levantava da cama, alto e crescente numa ira de profeta, engasgando com as palavras barulhentas que atirava feito metralhadora. Ouvimos o estalido da luta e o gemido do pai, o gemido de um titã de quadril quebrado, que ainda assim não para de vituperar.

Nunca vi os profetas do Velho Testamento, mas ao olhar aquele homem, derrubado pela ira de Deus, escarranchado largamente sobre o enorme urinol de porcelana, coberto pelo turbilhão dos braços, pela nuvem dos brandimentos desesperados sobre os quais pairava a sua voz dura e estranha, percebi a ira divina dos santos varões.

Era um diálogo terrível como a fala dos trovões. O brandir de suas mãos rasgava o céu em pedaços, e nas frestas aparecia o rosto de Jeová, inchado de cólera e cuspindo pragas. Vi, sem olhar, o terrível Demiurgo, que jazendo nas trevas como no monte Sinai, apoiando suas mãos poderosas no cortinado, encostava o rosto nos vidros superiores da janela, achatando contra ele, monstruosamente, o seu nariz carnudo.

Ouvia a sua voz nos intervalos das tiradas proféticas do meu pai, ouvia o poderoso rosnar dos seus lábios inchados, que fazia tinir as janelas e que se misturava com as explosões de conjuros, lamentos e ameaças do meu pai.

De vez em quando, as vozes se acalmavam e resmungavam baixinho, como o balbucio do vento na chaminé noturna, e logo estouravam de novo com um grande e fragoroso estrondo, com uma tempestade de soluços e pragas. De repente, a janela se abriu com um bocejo sombrio, e o manto da escuridão perpassou pelo quarto.

À luz do relâmpago vi meu pai, de pijama desabotoado, despejando de um só poderoso golpe, com uma terrível praga, o conteúdo do urinol pela janela, na noite que murmurava feito uma concha.

II

Meu pai definhava, murchava a olhos vistos.

Acocorado junto a enormes travesseiros, com as madeixas dos cabelos grisalhos ferozmente eriçadas, falava consigo mesmo a meia-voz, todo imerso em complicadas negociatas internas. Podia parecer que a sua personalidade desmanchara-se em várias consciências contraditórias, porque brigava em voz alta consigo mesmo, negociava intensa e apaixonadamente, persuadia e suplicava, ou parecia presidir uma assembleia de muitos clientes, tentando reconciliá-los, empregando toda a sua verve e todo o seu fervor. Mas essas barulhentas reuniões de temperamentos ardentes sempre terminavam por explodir entre pragas, insultos e maldizeres.

Depois chegou o tempo de bonança, de consolação interna, de uma deleitosa serenidade de espírito.

Novamente os grandes fólios estendiam-se abertos sobre a cama, a mesa e o chão, e a paz beneditina do trabalho pairava, à luz da lâmpada, sobre os lençóis brancos da cama, sobre a curvada cabeça grisalha do meu pai.

Mas à noite, quando minha mãe voltava da loja, meu pai animava-se, chamava-a e, com orgulho, mostrava-lhe os magníficos decalques coloridos, cuidadosamente colados nas páginas do livro de contas.

Foi então que todos percebemos que o nosso pai começava a encolher, ficava cada dia menor, como uma noz que resseca dentro de sua casca.

Porém, esse perecimento não foi acompanhado por nenhuma diminuição de forças. Ao contrário, o seu estado de saúde, o humor, a mobilidade pareciam melhorar.

Agora, ele muitas vezes ria alto, como que chilreando, rebentava de rir ou batia na cama e respondia "entra", com tons diferentes, horas e horas assim. De vez em quando descia da cama, trepava no armário e, acocorado sob o teto, organizava algo entre os velhos trastes, cheios de ferrugem e poeira.

Às vezes, colocava duas cadeiras de frente uma para a outra e, apoiando-se com as mãos nos espaldares, balançava as pernas para a frente e para trás, enquanto os seus olhos radiantes procuravam nos nossos rostos sinais de admiração e estímulo. Parecia reconciliar-se definitivamente com Deus. De vez em quando, à noite, o rosto do Demiurgo barbudo, banhado da púrpura escura dos fogos de bengala, aparecia na janela do quarto e por um momento olhava com ternura o adormecido, cujo ronco melodioso parecia percorrer os vastos espaços dos desconhecidos mundos oníricos.

Nas tardes longas, meio escuras, desse inverno tardio, meu pai de vez em quando mergulhava nos recantos cheios de trastes, e horas inteiras procurava obstinadamente por algo.

Muitas vezes, quando todos sentávamos à mesa para almoçar, meu pai faltava. Então minha mãe tinha que chamá--lo demoradamente — Jakub! — e bater com a colher na mesa para que ele saísse do armário, todo coberto de farrapos de teias de aranha e de poeira, com o olhar desacordado e imerso nos complicados assuntos que o preocupavam e de que só ele tinha conhecimento.

Às vezes trepava no cortinado e assumia uma pose imóvel, simétrica à do enorme abutre empalhado que pendia na parede do outro lado da janela. Ficava horas nessa pose imóvel, acocorado, de olhar embaciado e com um sorriso astuto, para acordar de repente com a entrada de alguém e, batendo os braços como asas, cantar feito um galo.

Deixamos de prestar atenção a essas extravagâncias em que ele se envolvia cada dia mais. Como se fosse completamente livre das necessidades corporais, recusando alimentar-se por semanas a fio, ele mergulhava cada vez mais fundo em negociatas obscuras e estranhíssimas, das quais não tínhamos nenhuma compreensão. Inacessível às nossas persuasões e súplicas, respondia com fragmentos do seu monólogo interior, imune a qualquer interferência externa. Eternamente absorto, patologicamente excitado, com pintas vermelhas nas bochechas ressecadas, ele nos ignorava e não nos percebia.

Acostumamo-nos com a sua presença inofensiva, com o seu balbucio silencioso, com aquele chilreio infantil afundado em si, cujos trinados passavam à margem do nosso tempo. Já naquela altura, desaparecia, às vezes por alguns dias, mergulhava nos desvãos da casa, e não era possível localizá-lo.

Pouco a pouco, esses desaparecimentos deixaram de nos impressionar, habituamo-nos a eles, e quando depois de muitos dias aparecia de novo, algumas polegadas menor e mais magro, já não chamava tanto a nossa atenção. Simplesmente deixamos de levá-lo em conta, a tal ponto se afastara de tudo o que é humano e real. Nó por nó desprendia-se da gente, ponto por ponto perdia os laços que o ligavam à comunidade dos homens. O que dele ainda restou, um pouco da carcaça e um punhado de extravagâncias absurdas, qualquer dia podia desaparecer, despercebido como a pequena e cinzenta porção de lixo no canto da sala, que Adela levava diariamente para o monturo.

OS PÁSSAROS

Chegaram os dias de inverno, amarelos e cheios de tédio. Uma toalha de neve esburacada, gasta e curta cobria a terra avermelhada. Não dava para todos os telhados, e alguns, de telhas e arcos de madeira, continuavam pretos ou ferruginosos, escondendo em si os enfumaçados espaços dos sótãos — catedrais negras, carbonizadas, com eriçadas costelas de caibros, terças e tirantes —, os pulmões escuros dos vendavais de inverno. Cada madrugada desvendava novas chaminés e lucarnas, que cresciam à noite, inchadas pelo vendaval noturno — tubos pretos do órgão do diabo. Os limpa-chaminés não conseguiam livrar-se das gralhas, que, feito folhas vivas, todas pretas, ocupavam à tardinha os galhos das árvores junto à igreja, ou levantavam-se, batendo as asas, para grudarem-se de novo, cada uma em seu determinado lugar do seu determinado galho, e depois partirem bem cedo de madrugada em bandos enormes — nuvens de fuligem, flocos de tisne, ondulantes e fantásticos, manchando com um grasno tremeluzente os rastros de amarelo baço do amanhecer. Os dias endureciam de frio e de tédio, como pães do ano passado, que cortávamos com facas embotadas, sem apetite e com uma preguiçosa sonolência.

Meu pai já não saía de casa. Cuidava das estufas, estudava o ser insondável do fogo, adivinhava o gosto salgado, metálico e defumado das chamas de inverno, a carícia fria das salamandras lambendo a fuligem brilhante na garganta da chaminé. Nesses dias, fazia com muita dedicação todos os consertos necessários nas regiões mais altas do quarto. A cada hora do dia podia-se ver como, encolhido em cima da escada, manipulava algo no teto, perto do cortinado das janelas altas, junto aos globos e correntes das luminárias pendentes. Usava a escada como enormes pernas de pau, assim como fazem os pintores, e sentia-se bem nessa perspectiva de pássaro, perto do céu pintado, dos arabescos e pássaros do teto. Afastava-se cada vez mais da vida prática. Quando minha mãe, preocupada com o seu estado, tentava conversar sobre os negócios, sobre o pagamento do próximo *ultimo*,[3] ele a ouvia distraído, todo inquieto, com espasmos no rosto ausente. Às vezes interrompia-a de repente com um gesto instigador da mão, para logo correr ao canto do quarto, colar a orelha a uma fenda no chão e escutar, com os indicadores de ambas as mãos levantados, sinal da extrema importância da pesquisa. Nessa altura ainda não percebíamos o triste pano de fundo dessas extravagâncias, ou seja, o lamentável complexo que amadurecia em seu interior.

Minha mãe não tinha nenhuma influência sobre ele. Era Adela que chamava a sua atenção e a quem ele dava mostras de grande veneração. A arrumação da casa era para ele uma grande e importante cerimônia, que nunca deixava de presenciar, seguindo com uma mistura de medo e frêmito de deleite todas as manipulações de Adela. A todos os seus atos ele atribuía um sentido mais profundo, simbólico. Quando a moça empurrava, com movimentos jovens e arrojados, uma vassoura de cabo comprido pelo chão, ele quase não se aguentava. Dos seus olhos então escorriam lágrimas, seu rosto rebentava num riso abafado, e o corpo estremecia num voluptuoso espasmo orgástico. A sensibilidade às cócegas levava-o

---

[3] Em italiano, o último dia do mês, que é o prazo para pagar as contas. (N. do T.)

à loucura. Bastava que Adela lhe dirigisse os dedos num gesto de fazer cócegas para ele entrar em pânico e fugir, atravessando todos os quartos, batendo as portas atrás de si e, no último, cair de barriga na cama, torcendo-se em convulsões de riso provocadas pela imagem interior a que não podia resistir. Por isso, Adela dominava o nosso pai com um poder quase absoluto.

Foi naquele tempo que notamos no nosso pai, pela primeira vez, um interesse e uma paixão pelos animais. No início tratava-se de uma paixão ao mesmo tempo de caçador e de artista. Talvez fosse também uma simpatia zoológica mais profunda pelas formas de vida aparentadas mas tão diferentes, um experimento com os registros ainda não testados do ser. Só numa fase posterior isso tomou um rumo assombroso, confuso, profundamente pecaminoso e desnaturado, que melhor seria não trazê-lo à luz do dia.

Tudo começou pela incubação dos ovos de aves.

Com muito esforço e dinheiro meu pai importava, de Hamburgo, da Holanda e das estações zoológicas africanas, ovos fecundados de aves, que depois eram incubados por enormes galinhas belgas. Para mim também era muito interessante observar aquele procedimento — aqueles pintinhos saindo da casca, verdadeiros monstros na forma e na coloração. Naquelas criaturas de bicos enormes, fantásticos, que elas abriam largamente logo depois de nascer, emitindo um sibilo voraz dos precipícios de suas gargantas, naqueles lagartos de corpo frágil e pelado de corcundas, não era possível enxergar os futuros pavões, faisões, tetrazes e condores. Acomodada em cestas, envolta em algodão, a prole de basilisco erguia sobre pescocinhos finos as suas cabeças cegas, cobertas de albugem, soltando de suas gargantas mudas um cacarejo inaudível. Meu pai andava ao longo das estantes, de avental verde, como um jardineiro ao longo dos canteiros de cactos, e tirava do nada aquelas vesículas cegas em que pulsava a vida, aquelas barrigas desajeitadas que assimilavam o mundo exterior apenas em forma de comida, excrescências da vida, trepando às apalpadelas em direção à luz. Algumas semanas depois, quando esses botões cegos de vida se abriram para a luz, os quartos encheram-se de um barulho colorido, do tremeluzente chilreio dos seus novos moradores. Eles ocupavam os cortinados, as cornijas dos armários, aninhavam-se na moita dos galhos de estanho e dos arabescos dos lustres ramificados.

Quando meu pai estudava os grandes compêndios de ornitologia e folheava as tabelas coloridas, aqueles fantasmas peníferos pareciam sair voando delas, enchendo o quarto de um adejo colorido, de mantas de púrpura, de farrapos de safira, prata e azinhavre. Na hora da alimentação, eles formavam um canteiro ondulante de muitas cores no chão, um tapete vivo que se desmanchava com a entrada inesperada de alguém, dividia-se em flores voláteis que vibravam no ar, para se acomodar, enfim, nas regiões mais altas do quarto. Lembro-me particularmente de um condor, uma ave enorme de pescoço pelado, rosto enrugado e viçoso com muitas excrescências. Era um magro asceta, um lama budista cheio de uma impassível dignidade em todo o seu comportamento, que se guiava pelo cerimonial severo da sua grande estirpe. Sentado em frente ao meu pai, imóvel em sua pose monumental dos sempiternos deuses egípcios, o olho coberto da belida branca com que cerrava de lado a pupila para encolher-se completamente na contemplação de sua nobre solidão, parecia, com esse seu perfil de pedra, o irmão mais velho do meu pai. A mesma matéria do corpo, dos tendões e da pele dura e enrugada, a mesma cara ressecada e ossuda, as mesmas órbitas calejadas e profundas. Até as mãos, fortes nas articulações, as compridas e magras mãos do meu pai, de unhas convexas, tinham o seu análogo nas garras do condor. Ao vê-lo assim adormecido, não pude resistir à impressão de que estava diante de uma múmia — da ressecada e por isso diminuída múmia do meu pai. Suponho que também minha mãe não deixou de notar essa estranhíssima semelhança, apesar de nunca termos tocado no assunto. É característico que o condor usava o mesmo penico que o meu pai.

Não se contentando com a incubação de novos exemplares, meu pai organizava no sótão as núpcias das aves, enviava os casamenteiros, amarrava as noivas atraentes e saudosas nos buracos e nas lacunas do sótão, e realmente conseguiu transformar o telhado da nossa casa — um enorme telhado de duas águas, de telhas de madeira — numa verdadeira pousada para pássaros, numa arca de Noé, a que chegavam voando de terras longínquas seres alados de todas as espécies. Mesmo muito tempo depois da liquidação desse aviário, a tradição da nossa casa continuava viva no mundo dos pássaros, e na época das migrações primaveris às vezes pousavam no nosso telhado bandos inteiros de grous, pelicanos, pavões e muitas outras aves.

Mas, depois de um curto período de prosperidade, a empreitada teve um triste fim. Logo verificou-se a necessidade de transferir meu pai para dois quartos no sótão, que serviam de armazém de trastes. Ainda de madrugada vinha de lá um clangor de vozes confusas de aves. As caixas de madeira dos quartos do sótão, auxiliadas pela ressonância do vão que ia até o telhado, vibravam todas com o ruído, com os voos, os cantos, os acasalamentos e os gorgolejos. Assim, por algumas semanas, perdemos o nosso pai de vista. Descia raramente, e nessas ocasiões podíamos notar que parecia ter diminuído, ficado mais magro e encolhido. Às vezes se esquecia, levantava-se bruscamente da mesa e, adejando com as mãos feito asas, lançava um longo canto de galo enquanto a bruma da belida cerrava seus olhos. Depois, envergonhado, sorria conosco, esforçando-se para que todo o incidente passasse por uma brincadeira.

Um dia, numa época de arrumação geral, Adela apareceu inesperadamente no reino de aves do meu pai. Logo na porta ela levou as mãos à cabeça, de tanto fedor que pairava no ar e de tantos excrementos que se amontoavam, cobrindo o chão, as mesas e os outros móveis. A decisão foi rápida: abriu a janela e com o comprido cabo de vassoura fez girar toda aquela massa de pássaros. Levantou-se um turbilhão infernal de penas, asas e gritos, em que Adela, feito uma mênade, coberta pelo redemoinho do seu tirso, executava uma dança de destruição. Meu pai batia os braços e, muito assustado, tentava levantar voo junto com o bando de pássaros. Aos poucos o turbilhão alado se rarefez, até que, por fim, no campo de batalha restaram apenas Adela, esgotada e ofegante, e meu pai, com uma expressão angustiada e envergonhada, pronto para aceitar qualquer acordo de rendição.

Logo depois, ele deixou os seus domínios, escada abaixo — um homem alquebrado, um rei banido que perdeu o trono e o reinado.

OS MANEQUINS

Essa empresa avícola foi a última explosão de cores, a última e brilhante contramarcha da fantasia que esse improvisador incorrigível, esse esgrimista da imaginação conduzira para os redutos e as trincheiras do inverno estéril e vazio. Só hoje percebo o heroísmo solitário com que ele sozinho declarou guerra ao elemento imensurável de tédio que entorpecia a cidade. Sem nenhum apoio, sem reconhecimento da nossa parte, esse homem estranhíssimo defendia a causa perdida da poesia. Ele era um moinho maravilhoso, em cujos funis caíam os farelos das horas vazias para florescer nas engrenagens com todas as cores e perfumes das especiarias do Oriente. Mas, acostumados com a excelente charlatanice desse prestidigitador metafísico, estávamos propensos a ignorar o valor da sua magia soberana, que nos salvava da letargia dos dias e noites vazios. Adela não sofreu nenhuma repreensão por esse vandalismo obtuso e insensato. Ao contrário, sentimos um contentamento vil, uma satisfação infame por essa exuberância, que saboreávamos com gula e fartura, ter sido refreada, para depois, traiçoeiramente, fugirmos da responsabilidade. Ou talvez houvesse nessa traição uma reverência secreta à vitoriosa Adela, a quem atribuíamos, confusos, uma missão e um apostolado das forças de uma ordem superior. Traído por todos, meu pai retirou-se sem luta dos lugares da sua glória recente. Sem cruzar espadas, entregou nas mãos do inimigo o domínio do seu esplendor perdido.

Banido voluntariamente, retirou-se para um quarto vazio no final do saguão, que virou seu reduto de silêncio.

Esquecemo-nos dele.

Cercou-nos de novo, por todos os lados, o cinza fúnebre da cidade, florindo por trás das janelas com o líquen escuro das madrugadas, com o fungo parasita dos crepúsculos, que crescia transformando-se na peliça fofa das longas noites de inverno. O papel de parede dos quartos, outrora deleitosamente relaxado e aberto para os voos coloridos daquela malta alada, fechou-se de novo em si mesmo, engrossou, e ia perdendo-se na monotonia de monólogos amargos.

Os lustres enegreceram e murcharam como cardos velhos. Pendiam agora apáticos e rabugentos, fazendo soar suavemente seus pequenos vidrinhos sempre que alguém atravessava às apalpadelas o crepúsculo cinzento do quarto. De nada adiantava que em todos os braços desses lustres Adela pusesse velas coloridas, um pobre sucedâneo, uma vaga lembrança das iluminações suntuosas em que pouco antes desabrochavam os jardins suspensos. Ah! para onde foi aquela germinação chilreante, aquela frutificação apressada e fantástica nos buquês das lâmpadas, das quais, como de explosivas tortas encantadas, saíam voando fantasmas alados, partindo o ar em baralhos mágicos, logo derramados em aplausos coloridos, numa chuva de compactas escamas de azul, de verde de pavão e de papagaio, de brilhos metálicos, que desenhavam linhas e arabescos no ar, traços lampejantes de voos e rodopios, e que abriam leques coloridos de adejos que, muito tempo depois, ainda continuariam suspensos na riquíssima e resplandecente atmosfera? Ainda agora eles se escondiam no fundo da aura acinzentada do eco e na possibilidade de fulgores coloridos, mas ninguém tentava perfurar com uma flauta, ninguém experimentava com uma broca os anéis embaciados do ar.

Foram semanas marcadas por uma estranha sonolência.

As camas por fazer, o dia todo cobertas de lençóis amarrotados e atolados em sonhos pesados, pareciam barcos fundos, prontos para partir rumo aos labirintos úmidos e enredados de uma Veneza negra e sem estrelas. Ainda de madrugada, Adela nos trazia café. Vestíamo-nos preguiçosamente nos quartos frios, à luz de uma vela que se multiplicava nos vidros escuros das janelas. Eram manhãs cheias de vaivéns desordenados, de procura prolixa em armários e gavetas. Em toda a casa ouvia-se o plaque-plaque dos chinelinhos de Adela. Os vendedores acendiam as lanternas, pegavam das mãos da minha mãe as chaves enormes da loja e saíam na escuridão cerrada e rodopiante. Minha mãe não se entendia muito bem com a toalete. As velas se extinguiam no castiçal. Adela desaparecia nos quartos periféricos ou no sótão, onde estendia a roupa para secar. Inútil chamá-la. O fogo ainda novo da estufa, turvo e sujo, lambia as excrescências frias e brilhantes de fuligem na garganta da chaminé. A vela se extinguia, o quarto afundava na escuridão. Com a cabeça encostada na toalha de mesa, em meio aos restos do café da manhã, malvestidos, adormecíamos de novo. Deitados de cara no colo peludo da escuridão, navegávamos na sua respiração ondulante rumo ao nada sem estrelas. Adela acordava-nos com a sua barulhenta arrumação da casa. A toalete da minha mãe demorava. Antes que ela terminasse de pentear o cabelo, os vendedores já tinham voltado para o almoço. A escuridão da praça tomava cor de fumo dourado. Num instante, desses méis esfumaçados, desses âmbares baços podiam irromper as cores da mais bela tarde. Mas o momento feliz passava, o amálgama da madrugada desflorescia, e o fermento transbordante do dia, já quase alcançado, caía de novo num cinza exânime. Sentávamos à mesa, os vendedores esfregavam as mãos vermelhas de frio e, de repente, a prosa de suas conversas atraía de imediato o dia pleno, a terça-feira cinzenta e vazia, dia sem rosto e sem tradição. Mas quando chegava à mesa a travessa com peixe em gelatina vidrada, dois grandes peixes, lado a lado, a cabeça de um junto à cauda do outro, feito a figura do zodíaco, neles reconhecíamos o brasão daquele dia, o emblema da terça-feira anônima, e apressadamente os repartíamos entre nós, aliviados de que com eles o dia recuperasse a sua fisionomia.

Os vendedores os consumiam compenetrados, com a seriedade de uma cerimônia de calendário. Um cheiro de pimenta espalhava-se pela sala. E quando já limpavam com o pão os restos de gelatina nos pratos, meditando sobre a heráldica dos próximos dias da semana, e quando restavam na travessa apenas as cabeças com os olhos cozidos, sentíamos todos que pelo nosso esforço comum o dia fora vencido, e que o resto já não contava.

Porém, com aquele resto entregue à sua mercê, Adela não fazia muita cerimônia. Entre o tinido de panelas e o jorro de água fria, liquidava energicamente as poucas horas que faltavam até o anoitecer, horas que a nossa mãe passava dormindo na otomana. Entretanto, já se preparava na sala o cenário do fim da tarde. As costureiras Polda e Paulina instalavam-se ali com os acessórios de sua profissão. Carregada em seus ombros, entrava na sala uma senhora silenciosa e imóvel, toda de pano e de estopa, com uma bola preta de madeira no lugar da cabeça. Mas, colocada no canto entre a porta e a estufa, essa dama taciturna logo virava a dona da situação. Imóvel em seu canto, supervisionava em silêncio o trabalho das moças. Recebia com muitas críticas e má vontade os esforços e as adulações com que, ajoelhadas na sua frente, elas experimentavam as partes do vestido, assinaladas com alinhavo branco. As moças serviam com atenção e paciência esse ídolo mudo, a que nada satisfazia. Era um *moloch*[4] im-

---

[4] Divindade semita, venerada sobretudo na região de Canaã, a quem eram oferecidos sacrifícios humanos. (N. do T.)

piedoso, como só os *molochs* femininos podem ser, e mandava-as sempre de novo para o trabalho; e elas, afuseladas e esguias, semelhantes aos carretéis de madeira dos quais desenrolavam as linhas e movimentando-se como eles, manipulavam habilmente os amontoados de seda e de pano, penetravam com a tesoura rangente na sua massa colorida, matraqueavam com a máquina de costura, pisando o pedal com um pezinho barato, laqueado, enquanto ao redor acumulavam-se os restos, retalhos e farrapos coloridos, como escamas e cascas em torno de dois papagaios pródigos e exigentes. As maxilas tortas das tesouras abriam-se chiando como o bico daqueles pássaros coloridos.

As moças pisavam desatentas nos retalhos coloridos, como se patinhassem inconscientemente no monturo de um possível carnaval, no bricabraque de uma grande mascarada não realizada. Espanavam os retalhos de si com um sorriso nervoso, faziam cócegas nos espelhos com seus olhos. Suas almas, feitiçaria veloz de suas mãos, não residiam nos vestidos entediados que ficavam sobre a mesa, mas naquelas centenas de retalhos, naquelas lascas frívolas e volúveis com que podiam cobrir a cidade inteira numa nevasca colorida e fantástica. De repente, sentiam calor e abriam a janela, para que, na impaciência de sua solidão e com fome de outros rostos, pudessem pelo menos ver, colado ao vidro, o rosto anônimo da noite. Abanavam as bochechas ardentes diante da noite invernal que crescia nas cortinas — desvelavam seus decotes em chamas, cheios de ódio e rivalidade, dispostos a lutar pelo pierrô que o sopro escuro da noite poderia trazer à janela. Ah, como podiam exigir tão pouco da realidade! Tinham tudo em si, tinham em si o excesso de tudo. Ah, bastar-lhes--ia um pierrô empalhado, uma ou duas palavras há muito esperadas, para que pudessem desempenhar o papel havia muito preparado, que havia muito lhes pressionava a boca, cheio de uma doce e terrível amargura, e que as empolgava selvagemente, como páginas de um romance engolidas à noite junto com as lágrimas derramadas em rubores.

Num dos seus passeios de fim de tarde pela casa, empreendidos na ausência de Adela, meu pai topou com essa sessão silenciosa do anoitecer. Ficou um tempo na porta do quarto contíguo, com o candeeiro na mão, encantado com aquela cena febril e cheia de rubores, com aquele idílio de pó de arroz, de papel de seda colorido e de atropina, cujo pano de fundo, tão rico em significado, era a noite de inverno respirando entre as cortinas enfunadas da janela. Colocando os óculos, aproximou-se e contornou as moças, iluminando-as com a lâmpada que erguia na mão. Uma corrente de ar provocada pela porta aberta levantou as cortinas da janela, as senhoritas deixavam que ele as olhasse, mexendo os quadris, brilhando com o esmalte de seu olhos, com o verniz de seus sapatinhos rangentes, com as fivelas de suas ligas, sob os vestidos enfunados pelo vento; os retalhos fugiam pelo chão feito ratos, até a porta entreaberta do quarto escuro, e meu pai, olhando com atenção as mulherzinhas resfolegantes, sussurrava: "*Genus avium...* se não me engano, *scansores* ou *pistacci...*[5] Absolutamente digno de atenção".

Esse encontro fortuito deu início a toda uma série de sessões, durante as quais meu pai logo conseguiu encantar ambas as senhoritas com o charme de sua personalidade incomum. Retribuindo a conversa, cheia de galanteria e gracejo, com que lhes ocupava o vazio das tardinhas, as moças permitiam ao pesquisador tão dedicado estudar a estrutura de seus corpos miúdos e ordinários. Isso sucedia durante a conversa, e com tal seriedade e elegância que os momentos mais arriscados da pesquisa ficavam livres de qualquer aparência de ambiguidade. Abaixando a meia do joelho de Paulina e

---

[5] Respectivamente, família de aves referente à espécie vira-folhas (*Sclerurus scansor*) e papagaios. (N. do T.)

estudando com olhos apaixonados a concisa e nobre construção das juntas, meu pai dizia: "Como é encantadora e feliz a forma do ser que as senhoras escolheram. Como é bela e simples a tese que lhes foi dado revelar pela própria vida. E com que mestria, com que finura cumprem as senhoras essa tarefa. Se eu quisesse brincar de crítico da criação, deixando de lado o respeito pelo Criador, clamaria: Menos conteúdo, mais forma! Ah, como essa perda de conteúdo aliviaria o mundo. Mais modéstia nos planos, mais moderação nas pretensões, senhores demiurgos, e o mundo seria melhor!", clamava meu pai, justamente enquanto a sua mão tirava a branca barriga da perna de Paulina da prisão da meia. Nesse exato momento, Adela apareceu na porta da sala carregando a bandeja com o lanche. Foi o primeiro encontro dessas forças inimigas desde a grande contenda. Todos nós que assistíamos a esse encontro vivemos um momento de grande angústia. Tivemos muita pena de testemunhar a uma nova humilhação desse varão, já bastante experimentado na vida. Meu pai, de joelhos, levantou-se muito confuso, o rosto se coloria com os fluxos da vergonha, ficando cada vez mais escuro. Mas Adela, inesperadamente, saiu-se à altura da situação. Aproximou-se sorrindo do meu pai e deu-lhe um peteleco no nariz. A esse sinal, Polda e Paulina aplaudiram alegremente, bateram os pés no chão e, penduradas nos braços do meu pai, dançaram com ele ao redor da mesa. Assim, graças ao bom coração das moças, o germe de um conflito desagradável dissipou-se na alegria geral.

    Esse foi o início das preleções, muito interessantes e estranhas, que meu pai, inspirado pelos encantos daquele pequeno e inocente auditório, proferiu nas semanas subsequentes àquele inverno precoce.

    É digno de atenção que, em contato com esse homem incomum, todas as coisas pareciam retornar à raiz do seu ser, reconstruir o seu fenômeno até o próprio núcleo metafísico, pareciam voltar à ideia primordial para traí-la nesse ponto e desviar-se até aquelas regiões duvidosas, arriscadas e ambíguas, a que chamaremos aqui simplesmente regiões da grande heresia. O nosso heresiarca passava entre as coisas como um magnetizador, contagiando e seduzindo-as com o seu perigoso encanto. Devo chamar também Paulina de sua vítima? Ela tornou-se naqueles dias sua aluna, adepta de suas teorias, um modelo dos seus experimentos.

Tentarei expor aqui, com a precaução necessária e evitando o escândalo, a doutrina herética que, naquele tempo, dominou meu pai por longos meses, apoderando-se de todos os seus atos.

TRATADO DOS MANEQUINS
OU O SEGUNDO GÊNESIS

"O Demiurgos",[6] dizia meu pai, "não tem o monopólio da criação, pois a criação é um privilégio de todos os espíritos. A matéria goza de uma fecundidade infinita, de uma potência vital inesgotável e, ao mesmo tempo, de uma força sedutora de tentação, que nos incita a moldá-la. Nas profundezas da matéria desenham-se sorrisos imprecisos, germinam conflitos, condensam-se formas apenas esboçadas. Toda a matéria ondula de possibilidades infinitas que a perpassam com arrepios insípidos. Esperando pelo sopro vivificante do espírito, ela transborda de si sem parar, tenta-nos com mil redondezas e maciezas doces, fantasmagorias nascidas de seu delírio tenebroso.

"Privada de iniciativa própria, voluptuosamente flexível, maleável como uma mulher, dócil a todos os impulsos, ela é um terreno fora da lei, aberto a todas as charlatanices e diletantismos, domínio de todos os abusos e manipulações demiúrgicas suspeitas. A matéria é o mais passivo e o mais indefeso ser do universo. Obedece a qualquer um, e qualquer um pode amassá-la e moldá-la segundo a própria vontade. Todas as estruturas da matéria são instáveis e frouxas, sujeitas à regressão e à dissolução. Não existe nenhum mal em reduzir a vida a formas novas e diferentes. O assassinato não é pecado. Muitas vezes não passa de uma violência necessá-

---

[6] Do grego *demiurgós*; Schulz usa essa forma alternadamente com a forma polonizada *demiurg* (demiurgo). (N. do T.)

ria para com formas refratárias e petrificadas, que deixaram de ser interessantes. Pode até ser um mérito, quando cometido em benefício de uma experiência interessante e vital. E esse é o ponto de partida para uma nova apologia do sadismo."

Meu pai não se cansava de glorificar esse estranhíssimo elemento que é a matéria. "Não existe matéria morta", ensinava, "a morte não passa de um simulacro que oculta formas desconhecidas de vida. A sua escala é infinita, inesgotáveis os seus matizes. O Demiurgos possuía interessantes e preciosas receitas de criação. Servindo-se delas, criou numerosas espécies, dotadas de poder de autorreprodução. Ninguém sabe se essas receitas serão algum dia reconstruídas. O que, aliás, não é necessário, porque mesmo que tais métodos clássicos de criação se tornem inacessíveis de uma vez por todas, ainda restarão certos métodos ilegais, uma infinidade de métodos heréticos e criminosos."

À medida que meu pai passava desses princípios cosmogônicos gerais para o terreno mais delimitado dos seus interesses, sua voz baixava até um sussurro penetrante, a exposição tornava-se cada vez mais difícil e confusa, e suas conclusões perdiam-se em regiões cada vez mais duvidosas e arriscadas. Sua gesticulação adquiria uma solenidade esotérica. Com um olho semicerrado e dois dedos apoiados na testa, a astúcia do seu olhar tornava-se verdadeiramente assombrosa. Perfurava as suas interlocutoras com ele, com o cinismo daquele olhar violava as suas reservas mais íntimas, alcançava-as nos fundos mais escondidos da casa, encostava-as contra a parede e lhes fazia cócegas, arranhava-as com um dedo irônico até fazer brotar delas uma centelha de compreensão e um sorriso, um sorriso de confissão e de cumplicidade, com que enfim se rendiam.

As moças ficavam sentadas sem se mexer, o candeeiro fumegava, o pano sob a agulha da máquina de costura já caíra havia muito, a máquina trabalhava no vazio, pespontando o negro pano sem estrelas que lá fora se desenrolava da tira da noite de inverno.

"Já vivemos tempo demais sob o terror da inigualável perfeição do Demiurgos", dizia meu pai, "a perfeição de sua obra paralisou por tempo demais a nossa própria criatividade. Não queremos competir com ele. Não temos pretensão de igualá-lo. Queremos ser criadores na nossa própria esfera, mais baixa, desejamos a criatividade para nós, desejamos o êxtase da criação: numa palavra, a demiurgia." Não sei em nome de quem meu pai proclamava esses postulados, qual comunidade, corporação, seita ou ordem reforçava com sua solidariedade o *páthos* dessas palavras. Quanto a nós, estávamos bem longe de qualquer ambição demiúrgica.

O meu pai, porém, desenvolvia o programa daquela outra criação demiúrgica, a visão daquela segunda geração de criaturas, que deveria opor-se abertamente ao domínio da época atual. "Não fazemos questão", dizia ele, "das obras de grande fôlego, dos seres de longa duração. As nossas criaturas não serão heróis de romances volumosos. Seus papéis serão curtos, lapidares, seu caráter, sem profundidade. Às vezes, por um só gesto, uma só palavra, daremos-nos o trabalho de trazê-las por um instante à vida. Reconhecemos com toda a franqueza: não faremos questão da durabilidade ou da solidez do produto, as nossas criaturas serão como que provisórias, feitas para servir uma só vez. Se forem seres humanos, lhes daremos, por exemplo, apenas metade do rosto, um braço, uma perna, justamente aquela que o seu papel exige. Seria pedantismo preocupar-se com a outra perna, uma vez que ela não entra no jogo. E nas costas, elas podem ser simplesmente costuradas ou pintadas de branco. Resumiremos a nossa ambição nesta orgulhosa divisa: um ator para cada gesto. Para cada palavra, cada ato, faremos nascer um homem especial. É isso que nos agrada, esse será o mundo segundo o nosso gosto. O Demiurgos apaixonava-se por materiais requintados, perfeitos e sofisticados — nós damos preferência ao barato. Simplesmente nos empolga e arrebata a precariedade, o inacabamento e a vulgaridade do material. Será que vocês compreendem", perguntava meu pai, "o sentido profundo dessa fraqueza, dessa paixão pelo papel de seda sarapintado, pelo *papier mâché*, pela tinta de lacre, a estopa e a serragem? Esse", dizia com um sorriso doloroso, "é o nosso amor pela matéria como tal, pelo que ela tem de macio e de poroso, por essa sua consistência mística única. O Demiurgos, esse grande mestre e artista, torna-a invisível, faz com que ela desapareça no jogo da vida. Nós, pelo contrário, gostamos do seu rangido, da resistência oferecida, da sua inabilidade rústica. Agrada-nos ver em cada gesto seu, em cada movimento, um esforço lento, uma inércia, uma doçura ursina."

As moças continuavam sentadas, imóveis, de olhos vidrados. Tinham o rosto alongado e entontecido de tanto escutar, as bochechas retocadas por rubores, e não era fácil perceber naquele momento de que geração de seres faziam parte, se da primeira ou da segunda.

"Numa palavra", concluiu meu pai, "queremos criar o homem pela segunda vez, à imagem e semelhança do manequim."

A fidelidade do relato exige que se mencione aqui um pequeno e fútil incidente ocorrido neste exato momento da preleção, mesmo que não lhe demos a menor importância. Completamente incompreensível e sem sentido nessa sequência de fatos, talvez possa ser explicado como uma espécie de automatismo residual, sem antecedentes e sem continuidade, uma espécie de malícia do objeto deslocada para o domínio psíquico. Aconselhamos ao leitor que o ignore, assim como nós o ignoramos. Eis como aconteceu:

No momento em que meu pai pronunciava a palavra "manequim", Adela olhou o seu relógio de pulso e piscou o olho para Polda. Em seguida, puxou sua cadeira um palmo para a frente, levantou a barra do vestido, revelando lentamente seu pé banhado em seda negra, e o esticou como a cabeça de uma serpente.

Ficou sentada assim durante toda aquela cena, completamente rígida, piscando as pálpebras nos olhos grandes que o azul da atropina deixava ainda mais profundos, com Polda e Paulina dos lados. Todas as três fitaram meu pai com olhos arregalados. Ele tossiu, emudeceu, debruçou-se e, de repente, ficou todo vermelho. Num só instante, os lineamentos do seu rosto, há pouco tão desarranjados e vibrantes, fecharam-se em feições humildes.

Ele, o heresiarca inspirado, que mal saía do vendaval de enlevo, encolheu-se de repente, desmoronou e enrolou-se em si mesmo. Talvez tivesse sido trocado por outro, e era esse outro que estava agora sentado ali, rígido, muito corado, de olhos baixos. Polda se aproximou e debruçou-se sobre ele. Dando-lhe palmadinhas nas costas, ela disse num tom de suave encorajamento:

— O Jakub vai ter juízo, o Jakub vai escutar, o Jakub não vai ser teimoso. Por favor... Jakub, Jakub...

O sapatinho exposto de Adela tremia levemente e brilhava feito uma língua de serpente. Meu pai levantou-se devagar, de olhos baixos, avançou um passo, como um autômato, e caiu de joelhos. O candeeiro assobiava em silêncio, no matagal do papel de parede corriam de um lado para o outro olhares eloquentes, sussurros de línguas venenosas, zigue-zagues de pensamentos...

TRATADO DOS MANEQUINS
(continuação)

Na noite seguinte, meu pai retomou, com energia renovada, o seu obscuro e complicado tema. O lineamento das suas rugas desenrolava-se e enrolava-se com astúcia refinada. Em cada espiral escondia-se um míssil de ironia. Mas de vez em quando a inspiração dilatava os círculos das rugas, que cresciam provocando um tremendo horror centrífugo e fugiam em silenciosas volutas para as profundezas da noite de inverno. "Figuras de museu de cera, minhas senhoras", começou ele, "paródias plebeias de manequins... tomem cuidado para não menosprezá-las, mesmo nessas formas. A matéria não sabe brincar. Está sempre repleta de uma trágica seriedade. Quem ousaria pensar que se pode brincar com a matéria, moldá-la brincando, e que essa brincadeira não se encravará nela, não a penetrará imediatamente como se fosse um fado, uma fatalidade? Vocês não sentem a dor, o sofrimento obscuro e não liberto desse fantoche aprisionado na matéria, que não sabe a razão de ser desse jeito, nem por que deve permanecer assim, nessa forma paródica, imposta com tanta violência? Vocês compreendem o poder da expressão, da forma, da aparência, a arbitrariedade tirânica com que se atiram a um bloco indefeso e o dominam, como se fossem a sua alma, tirânica e presunçosa? Vocês enxertam numa cabeça de pano e estopa uma expressão de cólera e depois deixam-na para sempre com essa cólera, essa convulsão, essa tensão, fechada em uma raiva cega para a qual não há nenhum escape. A multidão ri dessa paródia. Chorem, minhas senhoras, chorem o seu próprio destino ao ver esse triste estado da matéria, matéria oprimida que não sabe quem é e por que é, nem para onde leva esse gesto que lhe foi imposto para todo o sempre.

"A multidão ri. Será que vocês compreendem que sadismo horrível, que crueldade demiúrgica e embriagadora há nesse riso? O que nos resta, minhas senhoras, é chorarmos o nosso próprio destino diante dessa sorte miserável da matéria, matéria violentada, vítima de um tremendo abuso. Daí vem, minhas senhoras, a terrível tristeza de todos os *golens*[7] grotescos, de todos os fantoches, imersos em trágica meditação sobre suas engraçadas caretas.

"Vejam o anarquista Lucchesini,[8] assassino da imperatriz Isabel, vejam Draga,[9] demoníaca e desventurada rainha da Sérvia, vejam esse jovem superdotado, esperança e orgulho de sua família, que se perdeu no vício nefasto do onanismo. Ó, a ironia desses nomes, dessas aparências!

"Será que há nesse fantoche algo da rainha Draga, uma sósia ou pelo menos uma sombra do seu ser, nem que seja a mais remota? Essa semelhança, essa aparência e esse nome nos tranquilizam e impedem que perguntemos o que repre-

---

[7] Criatura do folclore judaico, produto de um ato mágico. Apesar de possuir forma humana, o *golem* não sabe falar nem raciocinar, apenas cumprir ordens. Na Bíblia, a palavra aparece uma única vez, indicando algo informe e imperfeito. Numa lenda talmúdica, Adão é chamado de *golem*, ou seja, um corpo sem alma. (N. do T.)

[8] O autor refere-se a Luigi Lucheni (1873-1910), anarquista italiano que em 1898 assassinou em Genebra a imperatriz Isabel da Áustria e suicidou-se na prisão. (N. do T.)

[9] Draga Mašin (1864-1903), dama da corte do rei da Sérvia Aleksandar Obrenović (1876-1903), por ele desposada contra a vontade da família e da nação. Os dois morreram em consequência de um atentado em 10 de junho de 1903. (N. do T.)

senta para si mesma essa criatura infeliz. No entanto, minhas senhoras, deve ser alguém, alguém anônimo, alguém terrível, alguém infeliz, alguém que nunca em sua vida surda tinha ouvido falar da rainha Draga...

"Já ouviram alguma vez, à noite, os uivos horrorosos desses fantoches de cera, trancados em barracas de feira, o coro lamentável dessas carcaças de madeira e porcelana esmurrando as paredes de sua prisão?"

No rosto do meu pai, transtornado pelo horror das coisas evocadas das trevas por ele, formou-se um turbilhão de rugas, uma cratera que aumentava, e no fundo da qual ardia o olho terrível de um profeta. Sua barba eriçou-se de modo estranho, os pincéis e os tufos de pelos que disparavam das verrugas, das pintas e das narinas arrepiaram-se em suas raízes. Assim ficou, entorpecido, com olhos ardentes, tremendo de uma agitação interior, feito um autômato que enguiçou e parou em ponto morto.

Adela levantou-se, pedindo que fechássemos os olhos para o que ia acontecer. Depois aproximou-se do meu pai e, com as mãos nos quadris, com uma firmeza bem acentuada, exigiu categoricamente...

— — — — — — — — — — — — — — — — — —
— — — — — — — — — — — — — — — — — —

As moças mantinham-se em seus lugares, hirtas, cabisbaixas, numa estranha letargia...

TRATADO DOS MANEQUINS
(final)

Numa das noites seguintes, meu pai retomou a sua preleção com essas palavras:

— Não era desses mal-entendidos encarnados, minhas senhoras, não era dessas tristes paródias, frutos de uma grosseira e vulgar incontinência, que eu queria falar quando anunciei o meu tratado dos manequins. Eu pensava em outra coisa.

E meu pai começou a desenhar perante os nossos olhos o quadro daquela *generatio aequivoca*[10] sonhada por ele, uma geração de seres semiorgânicos, uma pseudovegetação e uma pseudofauna, resultado de uma fantástica fermentação da matéria.

Pareciam seres vivos, vertebrados, crustáceos, artrópodes, mas era uma aparência enganadora. Na verdade, eram seres amorfos, desprovidos de estrutura interna, produtos da tendência imitadora da matéria, que, dotada de memória, repete por hábito as formas já adotadas uma vez. Em geral, a escala morfológica da matéria é limitada, e certa quantidade de formas se repete constantemente nos diversos pavimentos do ser.

---

[10] O termo latino, usado por Schopenhauer ao falar sobre a vontade geral de ser em seu livro *O mundo como vontade e representação*, serve aqui para designar a diversidade de espécies resultante da autorreprodução da matéria. (N. do T.)

Tais seres, móveis e sensíveis aos estímulos, porém afastados da verdadeira vida, podiam ser obtidos pela suspensão de certos coloides mais complexos numa solução de sal de cozinha. Ao fim de alguns dias, os coloides organizavam-se formando certas condensações da substância, que lembravam formas inferiores da fauna.

Nos seres nascidos dessa forma podiam-se constatar processos de respiração e metabolismo, mas a análise química não detectava o menor vestígio de albuminoides nem sequer de compostos de carbono.[11]

Porém, essas formas primitivas não eram nada se comparadas à riqueza e à maravilha da pseudofauna e da pseudoflora que aparecem às vezes em certos meios rigorosamente definidos. São velhos apartamentos, saturados da emanação de muitas vidas e de muitos eventos — atmosferas gastas, ricas em ingredientes específicos dos sonhos humanos, ruínas abundantes em humo de recordações, de saudades e de tédio estéril. Era nesse solo que aquela pseudovegetação germinava rápida e superficialmente, parasitava abundante e efêmera, produzia gerações de curta duração que floresciam súbita e esplendidamente, para se apagar e murchar logo em seguida.

Os papéis de parede desses apartamentos já devem estar muito gastos e entediados com a perpétua peregrinação por todas as cadências do ritmo. Não é de estranhar que se percam nos desvios de miragens longínquas e arriscadas. A medula dos móveis, a sua substância, deve estar relaxada, de-

---

[11] Os "seres" aqui descritos são certamente coacervatos, ou seja, os "coágulos líquidos", uma concentração de partículas de caloide que é a matéria-prima do protoplasma das células vegetais e animais. Os coacervatos eram formas primitivas, protocelulares, de organização da matéria viva. Às experiências com coacervatos dedicava-se também o pai de Adrian Leverkühn no *Doutor Fausto*, de Thomas Mann. (N. do T.)

generada e sujeita a tentações devassas. E então, nesse terreno doente, esgotado e selvagem, desabrocha, parecendo uma erupção fantástica, um mofo exuberante e colorido.

— As senhoras bem sabem — dizia meu pai — que nas casas velhas há quartos que foram esquecidos. Não visitados por meses inteiros, fenecem no abandono entre paredes velhas, e pode acontecer de se fecharem em si mesmos, cobrirem-se de tijolos e, irremediavelmente perdidos para a nossa memória, perderem também, aos poucos, a própria vida. As portas que levam até eles, de um dos patamares da escada dos fundos, podem ficar despercebidas por tanto tempo que chegam a entrar, a encravar-se na parede, que apaga os seus vestígios num desenho fantástico de fendas e fissuras.

"Certa madrugada de fim de inverno — dizia meu pai —, percorri um desses trajetos, após ter passado alguns meses ausente, e fiquei pasmado com o aspecto desses quartos.

"De todas as fendas do assoalho, de todas as cornijas e portinholas irrompiam brotos finos, enchendo o ar acinzentado de uma folhagem filigranada, a brenha rendada de uma estufa cheia de sussurros, brilhos e oscilações de uma falsa e deliciosa primavera. Em torno da cama, debaixo de um lampadário de muitas ramificações, ao longo dos armários, balançavam capões de árvores delicadas, dissipando-se em coroas luminosas, em fontes de folhagem rendada que espalhavam clorofila pulverizada no céu pintado do teto. Num processo de acelerada floração, germinavam entre as folhas enormes flores brancas e cor-de-rosa, brotavam a olhos vistos, tremulavam desde o seu interior com uma polpa rósea e transbordavam, perdendo pétalas e desmanchando-se numa rápida desfloração.

"Fiquei feliz — dizia meu pai — com aquela floração inesperada, que encheu o ar de um sussurro cintilante, de um suave murmúrio, e que através das varetas dos galhos transbordava feito confete colorido.

"Eu podia ver a vibração do ar e a fermentação da aura exuberante exalando e materializando essa floração precipitada, esse derramamento e essa desintegração de prodigiosos oleandros, que enchiam o quarto de uma rara e preguiçosa nevasca de enormes cachos de flores cor-de-rosa.

"Antes que escurecesse — terminava meu pai —, apagavam-se os últimos vestígios dessa magnífica floração. Toda essa miragem não passava de uma mistificação, de um caso de estranhíssima simulação da matéria, que fingia a vida."

Nesse dia meu pai demonstrava uma estranha vivacidade. Seu olhar, olhar astuto, olhar irônico, jorrava entusiasmo e bom humor. De repente, ficava muito sério e examinava de novo a infinita escala de formas e matizes que a matéria polimorfa costumava adotar. Fascinavam-no as formas limítrofes, duvidosas e problemáticas, tais como o ectoplasma dos sonambúlicos, pseudomatéria ou emanação cataléptica do cérebro, que em certos casos sai da boca da pessoa adormecida, espalhando-se pela mesa inteira, enchendo o quarto como um ralo tecido flutuante, uma espécie de massa astral entre o corpo e o espírito.

— Quem poderia saber — dizia ele — quantas são as formas de vida aleijadas, sofridas e fragmentadas, como a vida dos armários e das mesas, montados artificialmente, pregados à força, madeira crucificada, silenciosos mártires do engenho cruel dos homens? Terríveis transplantes de raças diferentes de madeira que se odeiam, fundidas numa única e infeliz personalidade...

"Quanto sofrimento antigo e sábio há nos anéis envernizados, nas veias e nervuras dos nossos antigos armários de confiança? Quem poderia reconhecer neles as feições, os sorrisos e os olhares antigos, quase invisíveis de tão aplainados e polidos que são?"

Enquanto meu pai falava, o seu rosto se cobria de uma rede pensativa de rugas, lembrando os anéis e os nós de uma velha tábua de que tivessem lixado todas as recordações. Por um instante pareceu-nos que ia cair na prostração que às vezes o dominava, mas acordou, recuperou o domínio de si e prosseguiu:

— As antigas tribos místicas embalsamavam os seus mortos. Nas paredes de suas casas havia rostos e corpos embutidos. Na sala ficava o pai empalhado, enquanto a esposa defunta, bem curtida, servia de tapete debaixo da mesa. Conheci um capitão que tinha em seu camarote um lustre confeccionado por embalsamadores malaios com o corpo de sua amante assassinada. A cabeça dela tinha enormes chifres de veado.

"No silêncio do camarote, a cabeça, presa ao teto entre galhos de chifres, abria devagar os cílios: na boca entreaberta brilhava uma membrana de saliva que qualquer sussurro podia romper. Polvos, tartarugas e enormes caranguejos, pendurados nas vigas do teto como candelabros ou lustres, mexiam as pernas sem parar nesse silêncio, andando, andando sem sair do lugar." — — — — — — — — — — —

O rosto do meu pai assumiu de repente uma expressão de tristeza e ansiedade, enquanto os seus pensamentos, percorrendo caminhos de estranhas associações, deparavam-se com novos exemplos:

— Devo silenciar — perguntou em voz baixa — sobre o fato de o meu irmão, em consequência de uma longa e incurável doença, ter se transformado aos poucos num rolo de tripas de borracha, e de a minha pobre prima ter cuidado dele dia e noite, cantarolando à pobre criatura as intermináveis canções de ninar das noites de inverno? Há coisa mais triste do que um ser humano transformado em tripa de borracha? Que decepção para os pais, que perturbação para os seus sentimentos, que ruína de todas as esperanças depositadas num jovem que prometia tanto! Mas o amor fiel da minha pobre prima o acompanhou também nessa metamorfose.

— Ah! Não posso, não posso mais ouvir! — gemeu Polda inclinando-se na cadeira. — Acalme-o, Adela! — — —

As moças se levantaram. Adela se aproximou do meu pai com um dedo estendido, num gesto de fazer cócegas. Meu pai se confundiu, emudeceu e, cheio de pavor, começou a recuar fugindo do dedo de Adela. Ela o seguia, acenando venenosamente com o dedo e empurrando-o, passo a passo, para fora da sala. Paulina bocejou e espreguiçou-se. Encostadas uma na outra, Paulina e Polda olharam-se nos olhos com um sorriso.

NEMROD

Passei o mês de agosto daquele ano brincando com um pequeno, extraordinário cachorrinho que um belo dia apareceu ganindo no assoalho da nossa cozinha, todo desajeitado, ainda com cheiro de leite e de bebê, com a cabecinha redonda, ainda não formada, que tremia, com patinhas de toupeira escarranchadas e o pelo mais delicado e macio.

Já à primeira vista, essa migalha de vida conquistou toda a admiração, todo o entusiasmo da minha alma pueril.

De que céu caíra tão inesperadamente esse favorito dos deuses, mais querido que os melhores brinquedos? Como podem as velhas e desinteressantes lavadeiras ter ideias tão magníficas e trazer, do subúrbio para nossa cozinha, bem cedo, numa hora transcendentalmente matutina, um cachorrinho desses?

Ah!, eu ainda estava ausente, não nascido, ainda não tinha saído, infelizmente, do ventre escuro do sono, quando a felicidade já se fazia presente, já nos esperava, deitada no assoalho fresco da cozinha, ignorada por Adela e pelos outros moradores. Por que não me acordaram mais cedo? Um pratinho de leite no chão testemunhava os impulsos maternais de Adela, mas, infelizmente, testemunhava também os momentos do passado que eu perdi para sempre, ou seja, as delícias da maternidade adotiva de que não pude participar.

Mas eu ainda tinha todo o futuro à minha frente. Que imensidão de experiências, experimentos e descobertas abria-

-se agora! O segredo da vida, seu mistério mais profundo, reduzido a essa forma mais simples e mais jeitosa de brinquedo, abria-se aqui para uma insaciável curiosidade. Era muito interessante ter para si esse pedacinho de vida, essa partícula de mistério perpétuo de forma tão engraçada e nova, despertando enorme curiosidade e enigmático respeito por ser tão estranha, tão inesperada, essa transposição da mesma trama de vida que havia em nós, em forma diferente da nossa, em forma animal.

Animais! Alvo de curiosidade insaciável, exemplos do mistério da vida, como se fossem criados para revelar o homem ao homem, para decompor a sua riqueza e a sua complexidade em mil possibilidades caleidoscópicas, cada uma levada a um fim paradoxal, a uma exuberância dotada de forte caráter. Livre da teia de interesses egotistas que perturbam as relações inter-humanas, o coração abria-se cheio de simpatia pelas emanações da vida perpétua, cheio de uma curiosidade amorosa e cooperativa que, no fundo, era uma disfarçada fome de autoconhecimento.

O cachorrinho era de veludo quente e palpitante, com um pequeno e apressado coração. Tinha duas macias pétalas de orelha, olhos azulados e turvos, um focinho rosado, em que se podia pôr o dedo sem nenhum perigo, patinhas delicadas e inocentes, com uma comovente verruga cor-de-rosa em cima e detrás das patas dianteiras. Com elas entrava na tigela de leite, guloso e impaciente, sorvendo o líquido com a língua rosada; saciada a fome, levantava tristemente o focinho com um pingo de leite no queixo e retirava-se, todo desajeitado, do banho lácteo.

Seu passo era um rolamento inábil, de lado e de viés, numa direção indecisa, seguindo uma linha um pouco embriagada e vacilante. A dominante do seu estado de espírito era uma tristeza profunda e indefinida, uma orfandade e um desamparo, ou seja, uma incapacidade de preencher o vazio da vida entre um e outro sensacional evento da refeição. Era o que revelavam os movimentos sem nenhum plano ou consequência, os ataques irracionais de nostalgia com um ganido triste e a incapacidade de achar o próprio lugar. Até em seu sono profundo, em que para satisfazer a necessidade de apoio e aconchego tinha de usar a própria pessoa, enrolada num novelo que tremia, acompanhava-o a consciência da solidão e do desamparo. Ah, uma vida, uma vida jovem e frágil, solta da escuridão confiável, do calor aconchegante do ventre materno para um mundo enorme, estranho e luminoso! Como ela se encolhe e recua, como se recusa a aceitar essa empresa que lhe propõem, quão desanimada e cheia de aversão ela é!

Mas pouco a pouco o pequeno Nemrod[12] (esse é o nome orgulhoso e guerreiro que ele recebeu) começa a saborear a vida. A submissão total à imagem da união primordial materna cede lugar aos encantos da diversidade.

O mundo começa a armar-lhe as suas armadilhas: o desconhecido e cativante sabor dos alimentos, o quadrilátero de sol matutino no assoalho, no qual é tão bom se deitar, o movimento dos próprios membros, das patinhas, do rabinho convidando-lhe graciosamente para brincar consigo mesmo, as carícias da mão humana sob a qual amadurece lentamente certa travessura, uma alegria que enche o corpo, produzindo a necessidade de novos, impetuosos e arriscados movimentos — tudo isso suborna, persuade e encoraja a aceitar, a conformar-se com o experimento da vida.

E mais uma coisa. Nemrod começa a perceber que tudo o que lhe oferecem aqui é, apesar do ar de novidade, algo que

---

[12] Nome de um personagem bíblico, presente também em diversas lendas árabes e persas. Grande caçador e fundador de cidades, Nemrod teria criado a primeira dinastia reinante da humanidade, o reino e a cidade da Babilônia. Viveu, provavelmente, por volta de 2.500 a.C. (N. do T.)

no fundo já havia acontecido — muitas, inúmeras vezes. Seu corpo reconhece as situações, as impressões e os objetos. No fundo, tudo isso não o surpreende muito. Em face de cada nova situação ele mergulha em sua própria memória, na memória profunda do seu corpo, para encontrar em si mesmo, numa busca febril, às apalpadelas, a reação apropriada, já pronta: a sabedoria de gerações depositada em seu plasma, em seus nervos. Encontra atos e decisões que ele próprio não sabia ter em si, já amadurecidos, prontos para saltar.

O cenário de sua vida jovem, uma cozinha com bacias cheirosas, com panos de um perfume complexo e intrigante, com os estalidos dos chinelos de Adela e o seu barulhento vaivém — não o assusta mais. Já se acostumou a considerá-lo o seu próprio domínio, a sua própria casa, e até começou a desenvolver uma vaga noção de pátria.

A não ser que, de repente, caia sobre ele o cataclismo da faxina — uma violação das leis da natureza, banhos quentes de lixívia solapando todos os móveis e o ruído terrível das escovas de Adela.

Mas o perigo passa, a escova sossega em silêncio num canto, o assoalho vai secando e tem um cheiro agradável de madeira molhada. Restituídos os seus direitos e liberdades no território que lhe pertence, Nemrod sente uma vontade irresistível de morder um velho cobertor no assoalho e puxá-lo para todos os lados. A pacificação dos elementos enche-o de uma alegria indizível.

De repente, fica pasmo: uns três passos caninos à sua frente, avança um monstro negro, arrastando-se depressa nas varinhas emaranhadas de suas inúmeras pernas. Profundamente chocado, Nemrod segue com os olhos o percurso oblíquo do inseto brilhante, observando, muito tenso, aquela carcaça achatada, cega e sem cabeça, carregada pela extraordinária movimentação de suas pernas de aranha.

Diante de tudo isso, algo cresce, amadurece, incha dentro dele, algo que ele próprio ainda não percebe, como se fosse cólera ou medo, mas agradável, misturado a um frêmito de poder, autoafirmação e agressividade.

Subitamente inclina-se sobre as patinhas dianteiras e solta uma voz que nem ele mesmo conhece, uma voz estranha, bem diferente de um simples vagido.

Solta uma vez e outra, e mais uma, esse agudo soprano que descarrila.

Mas apostrofa em vão o inseto nessa nova língua, gerada de uma súbita inspiração. Nas categorias mentais do ortóptero não há lugar para uma tirada como essa, e o inseto continua seguindo em sua rota oblíqua, rumo ao canto da sala, com movimentos santificados pelo rito milenar das baratas.

Porém, os sentimentos de ódio ainda não ganharam força nem durabilidade na alma do cachorrinho. Recém-desperta, a felicidade de viver transforma cada sentimento em alegria. Nemrod ainda late, mas a significação desse latido mudou, ele se tornou despercebidamente a sua própria paródia — desejava exprimir, no fundo, o sucesso inominável dessa extraordinária empresa da vida, cheia de coisas picantes, frêmitos e desfechos inesperados.

PÃ

Num canto, entre as paredes dos fundos dos galpões e dos anexos, havia um pátio, um beco, o mais distante, o último estuário, fechado entre a despensa, a latrina e a parede de trás do galinheiro — uma baía perdida e sem saída.

Era o cabo mais distante, o Gibraltar daquele pátio, que batia desesperadamente a cabeça na cerca cega feita de tábuas horizontais, a última e definitiva parede deste mundo.

Por baixo de suas traves musgosas, escorria um negro e fedorento fio de água, um veio de lodo gorduroso e putrescente que nunca secava — único caminho que levava ao mundo para além da fronteira da cerca. Mas o desespero desse beco fétido o fez bater tantas vezes a cabeça nessa barreira que uma das enormes tábuas horizontais afrouxou. Nós, meninos, fizemos o resto, arrombando a tábua musgosa e pesada, tirando-a do lugar. Abrimos assim uma brecha, uma janela para o sol. Pisando na tábua lançada como uma ponte sobre a poça, o prisioneiro do pátio podia espremer-se em posição horizontal pela fenda que o deixava entrar num mundo novo, vasto e arejado. Ali havia um jardim enorme, velho e selvagem. Nele cresciam pereiras altas e macieiras ramalhudas, em grupos esparsos e poderosos, cobertas de um sussurro prateado, de uma rede de brilhos alvejantes que fervilhava. Uma grama luxuriante, confusa e sem aparar cobria as ondulações do terreno com uma peliça lanuginosa. Havia ali talos gramíneos do campo com caudas penudas de espigas, havia filigranas delicadas de salsas e cenouras silvestres, folhas de hera enrugadas e ásperas, e urtigas cegas cheirando a menta, ervas plantagináceas fibrosas e brilhantes, pintadas de ferrugem, disparando cachos de cevada vermelha e grossa. Tudo isso, emaranhado e fofo, era permeado pelo ar suave, forrado pelo vento azul impregnado de céu. Quem se deitava na grama ficava coberto por toda a geografia azul de nuvens e continentes flutuantes, respirava todo o vasto mapa dos céus. De tanto conviver com o ar, as folhas e os brotos cobriram-se de pelos delicados, de uma camada macia de penugem, de ásperos anzóis curvados, como se quisessem apanhar e prender os fluxos de oxigênio. Essa camada delicada e branca aparentava as folhas com a atmosfera, dava-lhes o brilho prateado e pardo das ondas do ar, das meditações sombreadas entre dois clarões do sol. Uma dessas plantas, amarela e cheia de seiva leitosa nos caules pálidos, inchada de ar, destilava dos seus brotos vazios somente esse mesmo ar, somente a penugem em forma de bolas peníferas de dente-de--leão que o vento espalhava, e que se infiltravam sem ruído no silêncio azul.

O jardim era extenso, ramificado em muitos braços, e tinha vários climas e zonas. De um lado era aberto, cheio do leite dos céus e do ar, e com o verde mais delicado, mais macio e fofo, fazia uma cama para o céu. Mas, à medida que descia ao fundo de um longo braço e mergulhava na sombra, entre os fundos de uma fábrica de água gasosa abandonada e a longa parede de um paiol em ruínas, tornava-se nebuloso, arrogante e descuidado, embrenhava-se selvagem e desmazelado, ameaçava com urtigas, ouriçava-se em cardos, ficava sarnento de tanta erva daninha que o cobria, até que, bem no final, entre as paredes, numa larga baía retangular, perdia todas as medidas e se enfurecia. Ali já não era um jardim, mas um paroxismo de loucura, uma explosão de raiva, um impudor cínico e uma devassidão. Ali, em fúria, extravasando a sua cólera, grassavam couves de bardanas, ocas e selvagens — enormes bruxas, despindo-se à luz do dia de suas largas saias, tirando-as uma após a outra, até que os seus enfunados, sussurrantes e esburacados farrapos cobrissem com mantas enlouquecidas a sua belicosa tribo bastarda. E as saias vorazes inchavam, empurravam-se e amontoavam-se, dilatavam-se e cobriam-se mutuamente, crescendo todas numa massa inchada de chapas folhosas até o beiral baixo do paiol.

Foi ali que o vi uma única vez na vida, na hora desacordada de calor do meio-dia. Naquela hora em que o tempo, alucinado e selvagem, escapa do engenho dos acontecimentos e corre gritando pelos campos feito um vagabundo em fuga. E então o verão, perdendo o controle, cresce incalculável e desmedidamente em toda a sua extensão, cresce com ímpeto selvagem em todos os pontos, multiplicando-se, triplicando-se num outro tempo, degenerado, numa dimensão desconhecida, numa loucura.

Naquela hora apoderava-se de mim uma furiosa vontade de caçar borboletas, a paixão de perseguir essas pequenas manchas tremeluzentes, essas pétalas vagas e brancas, que tremiam num zigue-zague tolhido no ar afogueado. E foi então que uma dessas pequenas manchas berrantes partiu-se, em pleno voo, em duas, depois em três — e esse trepidante ponto triplo de ofuscante brancura me guiava como um fogo-fátuo através do delírio dos cardos ardentes ao sol.

Parei somente na fronteira de bardanas, sem coragem de mergulhar naquele abismo surdo.

E foi naquele momento que de repente o avistei.

Acocorava-se na minha frente, imerso até as axilas nas bardanas.

Vi os seus ombros largos cobertos por uma camisa suja e um desmazelado farrapo de jaquetão. Agachado como se quisesse dar um salto, sentava assim, parecendo carregar nos ombros um grande peso. Seu corpo arquejava de tanta tensão, e do seu rosto de cobre, resplandecente ao sol, o suor escorria. Estava parado, mas parecia trabalhar duro, lutar sem nenhum movimento contra um fardo enorme.

Fui hipnotizado pelo seu olhar, que me prendia como uma tenaz.

Era o rosto de um vagabundo ou de um bêbado. Um feixe de cabelo sujo amotinava-se sobre a testa alta e bojuda, como uma bola de pedra lavada pelo rio. Mas era uma testa retorcida com rugas profundas. Não se sabe se foi a dor, se o fogo do sol ardente ou um esforço sobre-humano que se enroscou assim naquele rosto, retesando as suas feições até o limite. Os seus olhos negros cravaram-se em mim com a intensidade do maior sofrimento ou desespero. Aqueles olhos fitavam-me e não fitavam, viam-me e ao mesmo tempo não viam. Eram globos quase a rebentar, forçados num êxtase de dor ou num gozo selvagem de inspiração.

E de repente, dessas feições esticadas a ponto de romper-se, emergiu uma terrível careta, fraturada pela dor, careta que ia crescendo, incorporando aquela loucura e inspiração com que inchava, emergindo cada vez mais, até desprender-se com a tosse roncante e rugidora do riso.

Profundamente chocado, vi como, estourando com o riso dos seus poderosos pulmões, ele se levantou devagar e, curvado feito um gorila, as mãos nos farrapos das calças que caíam, fugiu dando saltos enormes sobre as chapas ondulantes de bardanas — Pã sem flauta, retirando-se em pânico para a sua floresta natal.

O SR. KAROL

Sábado à tarde, meu tio Karol, temporariamente solteiro, caminhava até um lugar a uma hora de distância da cidade para visitar a mulher e os filhos, que ali estavam a veranear.

Desde que sua mulher viajara, a casa nunca mais fora arrumada, a cama nunca mais fora feita. O sr. Karol chegava em casa muito tarde, esgotado e devastado pelas farras noturnas a que o arrastavam os dias quentes e vazios. A cama com os lençóis amarrotados, frescos e dispersos era para ele um porto esplêndido, uma ilha de salvação a que aportava com o resto de suas forças, náufrago jogado por muitos dias e noites no mar revolto.

Às apalpadelas, no escuro, afundava-se no meio das montanhas brancas, serras e montes de penugem fresca, e assim dormia, numa direção desconhecida, ao revés, com a cabeça para baixo e a testa encravada na polpa fofa da cama, como se quisesse perfurar, percorrer de lés a lés durante o sono os enormes maciços de edredons que cresciam à noite. Lutava com eles como o nadador luta com a água, sovava, amassava-os com o próprio corpo como se fossem um enorme tabuleiro cheio de massa, no qual mergulhava para acordar ao amanhecer banhado de suor, ofegante, jogado na beira daquele monte de edredons, que não fora capaz de vencer na dura peleja noturna. Assim, meio lançado às margens do sono, pendia ainda um pouco na beira da noite, desacordado, atraindo o ar aos pulmões, e o edredom crescia em volta dele, enchia e fermentava, e cobria-o de novo com uma porção pesada de massa esbranquiçada.

Dormia assim quase até o meio-dia, enquanto os travesseiros formavam uma enorme planície branca onde o seu sono passeava apaziguado. Por esses caminhos brancos voltava para si mesmo, para o dia, para o mundo real — e finalmente abria os olhos, como um passageiro adormecido quando o trem chega à estação.

Reinava no quarto uma penumbra assentada com os sedimentos de muitos dias de solidão e silêncio. Apenas a janela fervilhava com o enxame matutino de moscas, e as cortinas crepitavam em chamas berrantes. O sr. Karol bocejava, expirando do seu corpo, do fundo de suas cavidades, os restos do dia anterior. Esse bocejo o dominava como uma convulsão, como se quisesse virá-lo pelo avesso. Assim ele expelia a areia, os pesos — restos não digeridos do dia anterior.

Aliviado e mais desinibido, anotava os gastos na agenda, fazia cálculos e sonhava. Depois, ficava deitado ainda muito tempo, imóvel, com os olhos cor de água vidrados, convexos e úmidos. Na penumbra aquosa do quarto, iluminada pelo reflexo da canícula do outro lado das cortinas, os seus olhos, como espelhos pequeninos, refletiam todos os objetos brilhantes — as manchas brancas do sol nas frestas da janela, o retângulo dourado das cortinas — e reproduziam, como uma gota d'água, todo o quarto, o silêncio dos seus tapetes e das suas cadeiras vazias.

Entretanto, do lado de lá das cortinas, o dia ressoava, cada vez mais inflamado pelo zumbido das moscas enlouquecidas pelo sol. A janela não podia conter aquele incêndio branco, e as cortinas desmaiavam em ondulações luminosas.

Ele saía então do fundo do edredom, mas ainda ficava sentado algum tempo na cama, gemendo inconsciente. Seu corpo de homem de trinta e poucos anos começava a tender para a obesidade. Naquele organismo, inchado de gordura, gasto pelos abusos da sexualidade, mas ainda exuberante de sucos viçosos, parecia agora amadurecer aos poucos, em silêncio, o seu futuro destino.

Quando ficava assim sentado, num estupor desatinado e vegetativo, todo transformado em circulação, em respiração, em pulsação profunda dos sucos, do imo do seu corpo, suado e coberto de pelos em diversos lugares, brotava um futuro ignoto e ainda não articulado, como uma monstruosa excrescência, e alastrava-se prodigiosamente numa dimensão desconhecida. Aquilo não o assustava, pois ele já se identificava com o que estava para chegar, algo enorme e obscuro, e crescia junto com aquilo, sem nenhuma resistência, numa estranha harmonia, estupefato de um horror sereno, reconhecendo o seu próprio futuro naquele afloramento colossal, naqueles fantásticos amontoados que amadureciam diante do seu olhar interior. Naquele momento, um dos seus olhos se desviava levemente para o lado, como se partisse para outra dimensão.

Depois voltava desses desnorteamentos insensatos, dessas distâncias perdidas, para ficar de novo consigo mesmo e com o seu tempo; observava os pés no tapete, gordos e delicados como os de uma mulher, e tirava lentamente as abotoaduras douradas dos punhos da camisa. Depois ia para a cozinha, onde num canto sombreado encontrava um balde com água, um espelho circular silencioso e vigilante que ali o esperava — o único ser vivo e consciente daquela casa vazia. Punha a água na bacia e saboreava com a pele a sua umidade insípida, assentada e doce.

Demorava e caprichava na toalete e, sem pressa alguma, fazia intervalos entre as sucessivas manipulações.

A casa vazia e abandonada não o reconhecia, os móveis e as paredes o seguiam com uma crítica silenciosa.

Ele se sentia, ao adentrar esse silêncio, como um intruso num reino submerso, onde corre outro tempo, um tempo diferente.

Abrindo as próprias gavetas, ele tinha a sensação de ser um ladrão e, mesmo sem querer, andava na ponta dos pés, com medo de acordar um eco barulhento e excessivo, que esperava, irritado, o menor pretexto para rebentar.

E quando, enfim, dirigindo-se silenciosamente de um a outro armário, encontrava, um por um, todos os acessórios necessários e terminava a sua toalete entre os móveis que o toleravam mudos, com expressão ausente, quando finalmente ficava pronto, então já na saída, com o chapéu na mão, sentia-se ainda tão constrangido que não encontrava nessa última hora uma palavra que dissolvesse o silêncio sinistro, e caminhava devagar até a porta, resignado e cabisbaixo — naquele mesmo instante, na direção oposta, no fundo do espelho, alguém para sempre virado de costas afastava-se sem pressa, atravessando um corredor vazio de salas inexistentes.

LOJAS DE CANELA

Na época dos dias mais curtos e sonolentos do inverno, emoldurados de ambos os lados, de manhã e ao anoitecer, pelas bordas de peliça dos crepúsculos, quando a cidade ramificava-se cada vez mais fundo nos labirintos das noites de inverno e custava-lhe tanto atender às chamadas ao retorno e ao juízo que lhe fazia a brevíssima aurora — meu pai já estava perdido, vendido, jurado àquela outra esfera.

Seu rosto e sua cabeça cobriam-se então de um cabelo grisalho, revolto e exuberante, sobressaindo em feixes, sedas e longos pincéis irregulares que disparavam das verrugas, das sobrancelhas, das narinas, dando à sua fisionomia a aparência de uma velha e eriçada raposa.

Seu olfato e sua audição ficavam extremamente aguçados, e percebia-se, ao observar o jogo do seu rosto tenso e silencioso, que por intermédio desses sentidos ele se comunicava com o mundo invisível dos recantos sombrios, das tocas de rato, dos espaços caruncosos e vazios debaixo do assoalho e nos dutos da chaminé.

Todos os rangidos, os estrépitos noturnos, toda a vida secreta e chiante do assoalho, tinham nele um infalível e zeloso observador, um espião e um co-conspirador. Absorviam-no a ponto de mergulhá-lo completamente nessa esfera inacessível a nós, e da qual ele nem sequer tentava nos prestar contas.

Às vezes, quando os excessos dessa esfera invisível tornavam-se demasiado absurdos, ele estalava os dedos e ria baixinho para si mesmo; comunicava-se então pelo olhar com o nosso gato, que, também iniciado nesse mundo, levantava o rosto cínico, frio e listrado, e fechava, entediado e indiferente, as frestas oblíquas dos olhos.

Às vezes, durante o almoço, punha de repente o garfo e a faca de lado e, com o guardanapo amarrado ao pescoço, levantava-se feito um gato, rastejava na ponta dos pés até a porta do quarto contíguo vazio e, com a maior cautela, espiava pelo buraquinho da fechadura. Depois, voltava à mesa como que envergonhado, com um sorriso perplexo, em meio aos indistintos resmungos e balbucios do monólogo interior em que estava imerso.

Para distraí-lo um pouco e tirá-lo das meditações doentias, minha mãe o levava a passeios de fim de tarde, durante os quais caminhava calado, sem resistência, mas também sem muita convicção, desatento e ausente de espírito. Uma vez até fomos ao teatro.

Encontramo-nos de novo naquela sala enorme, mal iluminada e suja, cheia de um ruído humano sonolento e de grande tumulto. Mas logo que passamos pela multidão, apareceu na nossa frente um gigantesco pano azul pálido, como o céu de um outro firmamento. Grandes máscaras pintadas, cor-de-rosa, de bochechas inchadas, banhavam-se no imensurável espaço da tela. Aquele céu de mentira alastrava-se flutuando, horizontal e verticalmente, crescendo num enorme sopro de *páthos* e gestos grandiosos na atmosfera daquele mundo artificial, cheio de brilho, construído sobre os andaimes retumbantes do palco. O frêmito que perpassava esse grande rosto do céu, a respiração do pano enorme, que reanimava e fazia crescer as máscaras, revelavam o caráter ilusório daquele firmamento, provocavam aquela vibração da realidade que nos momentos metafísicos nós sentimos como a cintilação do mistério.

As pálpebras vermelhas das máscaras trepidavam, os lábios coloridos murmuravam algo inaudível, e eu sabia que estava para chegar a hora em que a tensão do mistério atingiria o zênite, e então o céu enfunado de pano se romperia de verdade para mostrar, ao subir, coisas incríveis e deslumbrantes.

Mas não me foi dado presenciar tudo aquilo, porque meu pai começou a mostrar sintomas de inquietação, a pôr as mãos nos bolsos, para declarar enfim que tinha esquecido a carteira, com o dinheiro e documentos importantes.

Após uma rápida consulta com minha mãe, em que a honestidade de Adela foi submetida a uma apressada avaliação geral, propuseram que eu partisse logo para casa à procura da carteira. Segundo minha mãe, ainda faltava muito para o espetáculo começar, e com a minha agilidade eu poderia voltar a tempo.

Adentrei a noite de inverno, colorida pela iluminação do céu. Era uma dessas noites claras em que o firmamento sideral é tão extenso e ramificado que parece ter sido dissociado, partido e dividido num labirinto de outros céus, suficientes para serem repartidos entre as noites de inverno do mês inteiro e para cobrirem com seus abajures prateados e pintados todos os fenômenos noturnos, todas as aventuras, os escândalos e carnavais.

Numa noite dessas, é uma leviandade imperdoável mandar um garoto com uma missão tão importante e urgente, porque as ruas se multiplicam em sua meia-luz, confundem-se e trocam-se umas pelas outras. Abrem-se, no fundo da cidade, por assim dizer, ruas duplas, ruas sósias, ruas mentirosas e enganadoras. A imaginação encantada e confundida produz plantas ilusórias da cidade, supostamente há muito conhecidas e sabidas, nas quais as ruas têm seu lugar e seu nome, mas a noite, em sua inesgotável fertilidade, não tem nada melhor a fazer senão fornecer sempre novas e imaginárias configurações. Essas tentações das noites de inverno costumam começar inocentemente com uma vontade de encurtar o caminho, de usar, em vez da passagem comum, uma outra, mais rápida. Surgem planos tentadores de cortar um caminho complicado por uma travessa ainda não experimentada. Mas dessa vez o começo foi outro.

Depois de ter dado alguns passos à frente, percebi que estava sem o sobretudo. Quis voltar, mas logo concluí que seria uma desnecessária perda de tempo, porque a noite não estava nada fria, pelo contrário — estava listrada de veios de um estranho calor e de sopros de uma falsa primavera. A neve encolhera em cordeirinhos brancos, num tosão inocente e doce que cheirava a violetas. Nos mesmos cordeirinhos dissolveu-se o céu, em que a lua se duplicava e triplicava, exibindo nessa multiplicação todas as suas fases e posições.

Naquele dia o céu desnudava a sua estrutura interna em preparados vários, como que anatômicos, que revelavam as espirais e os anéis da luz, os cortes dos blocos esverdeados da noite, o plasma dos espaços, os tecidos das miragens noturnas.

Numa noite como essa é impossível andar pela Podwale ou por qualquer outra das ruas escuras, que são o reverso, o forro das quatro linhas da praça, e não se lembrar de que às vezes ainda estão abertas nessa hora tardia algumas daquelas lojas tão atraentes e singulares, esquecidas nos dias comuns. Costumo chamá-las lojas de canela, pela cor dos lambris escuros com que são revestidas.

Esses comércios verdadeiramente nobres, abertos até as horas avançadas da noite, sempre foram objeto dos meus sonhos ardentes.

Seus interiores, mal iluminados, escuros e solenes, tinham o cheiro profundo das tintas, da laca, do incenso, o aroma de países distantes e de matérias raríssimas. Podia-se encontrar ali fogos de bengala, caixinhas mágicas, selos de países há muito desaparecidos, estampas chinesas, índigo, resina de Malabar, ovos de aves exóticas, papagaios, tucanos, salamandras e basiliscos vivos, raiz de mandrágora, mecanismos de Nuremberg, homúnculos em vasos para flores, microscópios e lunetas e, sobretudo, livros raros e extraordinários, velhos fólios, repletos de estranhíssimas gravuras e histórias estonteantes.

Lembro-me daqueles comerciantes velhos, cheios de dignidade, que atendiam baixando o olhar num silêncio discreto, de muita sabedoria e compreensão para com os mais íntimos desejos dos seus clientes. Mas, acima de tudo, havia ali uma livraria, em que certa vez folheei impressos raros e proibidos, publicações de sociedades secretas, que desvelavam mistérios torturantes e deleitosos.

Era tão rara a oportunidade de visitar essas lojas, e ainda por cima com uma pequena mas suficiente quantia de dinheiro no bolso. Não havia como não aproveitar tal ocasião, a despeito da importância da missão que nos fora confiada.

Para chegar à rua das lojas noturnas, era preciso, segundo os meus cálculos, embrenhar-se numa rua lateral e passar duas ou três travessas. Isso me desviaria do caminho, mas eu podia compensar o atraso voltando pela estrada de Żupy Solne.

Nas asas do desejo de visitar as lojas de canela, virei numa rua conhecida e mais voava do que andava, tomando cuidado para não errar o caminho. Cruzei assim a terceira e a quarta travessa, mas não achava a rua desejada. Tampouco a configuração das ruas correspondia ao que eu esperava. Nenhum sinal das lojas. As casas da rua em que eu passava não tinham portas de entrada, só janelas bem fechadas, ofuscadas pelo luar. A rua verdadeira, pensava eu, deve passar do outro lado dessas casas, e é lá que elas têm as suas entradas. Apressei o passo, inquieto, e no fundo abdiquei da ideia de visitar as lojas. Só queria sair daquele lugar e, o mais rápido possível, encontrar-me de novo na parte conhecida da cidade. Aproximava-me do fim da rua, ansioso, sem saber para onde ela me levaria. Saí numa avenida larga, muito comprida e reta, com poucas casas em volta. Senti logo o sopro de um espaço aberto. Havia ali, junto à rua ou nos fundos dos jardins, vilas pitorescas, casas ornamentadas, de gente rica, entre as quais se viam parques e muros de pomares. De longe, a paisagem lembrava a parte baixa e raramente visitada da rua Leszniańska. O luar, dissolvido no céu em milhares de cordeirinhos e escamas de prata, era pálido e claro como o dia — só os parques e os jardins permaneciam escuros naquela paisagem argêntea.

Olhando bem para um dos edifícios, percebi que me encontrava diante de uma parte nunca vista dos fundos do prédio do Ginásio. Eu chegava justamente ao portão, e fiquei surpreso ao ver que ele estava aberto, e o saguão, iluminado. Entrei pisando o tapete vermelho do corredor. Esperava atravessar despercebido aquele edifício e sair pelo portão da frente, encurtando bastante o caminho.

Lembrei-me de que nessa hora tardia devia haver na sala do professor Arendt[13] uma daquelas aulas extras, dadas nas altas horas da noite, em que nos reuníamos na época do inverno, ardendo de nobre entusiasmo pelos exercícios de desenho com que nos inspirava esse excelente professor.

Nosso pequeno e diligente grupo quase se perdia na sala grande e escura, em cujas paredes cresciam e partiam-se as sombras enormes das nossas cabeças, projetadas por duas pequenas velas, acesas em gargalos de garrafas.

Para falar a verdade, não desenhávamos muito nessas horas, nem o professor era exigente demais. Alguns traziam travesseiros de casa e deitavam a cabeça na carteira para tirar uma soneca. Só os alunos mais dedicados desenhavam junto à vela, no círculo dourado do seu brilho.

---

[13] Adolf Arendt era, em 1902, professor de desenho no Ginásio de Drohobycz, onde estudou Bruno Schulz. (N. do T.)

Em geral, o professor demorava a chegar, e esperávamos entediados, conversando para enganar o sono. Finalmente a porta do seu gabinete se abria e ele entrava, baixo, de barba bonita, cheio de sorrisos esotéricos, reticências discretas e aroma de mistério. Fechava rapidamente a porta do gabinete, através da qual, por um breve momento, podíamos ver, apinhada atrás da cabeça dele, uma multidão de sombras de gesso, fragmentos clássicos, Nióbides, Danaides e Tantálidas dolorosos, todo o Olimpo triste e estéril que murchava havia anos naquele museu de gesso. Mesmo de dia o crepúsculo desse gabinete embaciava e transvasava, sonolento, com tantos devaneios de gesso, olhares ocos, semblantes empalidecidos e pensamentos que se esvaíam no nada. Às vezes gostávamos de ficar à porta ouvindo o silêncio, repleto dos suspiros e murmúrios daqueles escombros que se esmigalhavam em teias de aranha, daquele crepúsculo dos deuses que se desmanchava em tédio e monotonia.

O professor passeava majestático e com muita dignidade ao longo das carteiras vazias, entre as quais, dispersos em pequenos grupos, desenhávamos no reflexo cinzento da noite de inverno. Era aconchegante e sonolento. Aqui e acolá, meus colegas se deitavam para dormir. As velas se apagavam aos poucos nas garrafas. O professor mergulhava numa vitrine profunda cheia de fólios antigos, ilustrações, gravuras e impressos fora de moda. Mostrava-nos, com gestos esotéricos, antigas litografias de paisagens noturnas, matas cerradas da noite, avenidas de parques invernais escurecendo nos brancos trajetos lunares.

Nas conversas à beira do sono, o tempo fugia despercebido e corria desigual, como se atasse nós na passagem das horas, engolindo na íntegra seus intervalos vazios. De repente, sem nenhuma transição, nossa turma se encontrava já a caminho de casa, numa vereda branca de neve, bordada pela espessura negra e seca do mato. Caminhávamos ao longo dessa margem peluda das trevas, roçando a pele ursina dos arbustos, que estalavam sob os nossos pés na noite clara e sem luar, no falso dia leitoso, bem depois da meia-noite. O branco dissipado da luz, peneirado pela neve, pelo ar pálido, pelos espaços lácteos, era como um papel pardo de gravura, no qual, num preto profundo, embaraçavam-se os traços e as hachuras do mato. A noite repetia agora, a altas horas, aquela série de noturnos e gravuras do professor Arendt, continuava as suas fantasias.

Nessa espessura preta do parque, na pele cabeluda do mato, na massa de lenha quebradiça, havia nichos, ninhos do mais fofo negrume, cheios de emaranhamentos, de sinais secretos, de uma caótica conversa gestual. Os ninhos eram quentes e aconchegantes. Sentávamos ali com nossos sobretudos peludos, na neve morna e fofa, comendo as castanhas que abundavam no avelanal naquele inverno primaveril. Passavam em silêncio pelo mato doninhas, martas e mangustos, pequenos animais farejantes e felpudos, cheirando a pelico, alongados e de patinhas curtas. Suspeitávamos que havia entre eles exemplares do gabinete da escola que, apesar de destripados e encanecidos, nessa noite branca sentiam em seu interior vazio a chamada de um velho instinto, a voz do cio, e retornavam ao coração da floresta para uma vida curta e ilusória.

Mas a fosforescência da neve primaveril embaçava e apagava-se aos poucos, e antes do amanhecer surgia uma névoa escura e densa. Uns adormeciam nessa neve quente, outros, tateando a moita, alcançavam a porta de casa, entravam no quarto às escuras, no sono de pais e irmãos, numa continuação daquele ronco profundo que apanhavam com pressa, atrasados, no meio do caminho.

Essas sessões noturnas sempre tiveram para mim um encanto misterioso, e agora também eu não podia perder uma oportunidade como essa e deixar de passar rapidamente na sala de desenho, decidido a não me deter mais que um instante. Mas, subindo a escada dos fundos, toda feita de cedro e cheia de ressonâncias, percebi ter entrado numa parte estranha do prédio, jamais vista.

Ali nenhum ruído interrompia o silêncio solene. Os corredores naquela ala eram mais largos, cobertos de tapetes de pelúcia e muito requintados. Em suas dobras luziam suavemente pequenas lâmpadas. Passando um daqueles joelhos, encontrei-me num corredor ainda maior, adornado com fausto palaciano. Uma de suas paredes abria-se em largas arcadas de vidro para o interior de um apartamento. Aqui começava, diante dos meus olhos, uma longa sequência de salas que corriam para o fundo, decoradas com um esplendor deslumbrante. Seguindo a fileira de revestimentos de seda, espelhos dourados, móveis preciosos e lustres de cristal, o olhar penetrava na polpa macia desses interiores supérfluos, cheios de cirandas coloridas e arabescos lampejantes, grinaldas emaranhadas e flores que desabrochavam. O silêncio profundo desses salões vazios era preenchido apenas pelos olhares que os espelhos trocavam entre si e pelo pânico dos arabescos, que corriam alto nos frisos ao longo das paredes e perdiam-se no estuque dos tetos brancos.

Parei diante daquele fausto com reverência e admiração, desconfiado de que a minha escapada noturna me houvesse levado inesperadamente à ala do diretor, em frente à sua residência particular. Fiquei paralisado de curiosidade, com o coração batendo forte, pronto para fugir caso ouvisse qualquer ruído. Como justificaria, se fosse apanhado, essa minha espionagem noturna, esse intrometimento atrevido? Numa das profundas poltronas de pelúcia podia estar sentada, quieta e despercebida, a filha do diretor e, de repente, interrompendo a leitura, podia levantar os olhos para mim — olhos negros, sibilinos e suaves, cujo olhar nenhum de nós era capaz de aguentar. Mas recuar no meio do caminho, sem cumprir o plano, seria uma covardia. De resto, em todas aquelas salas luxuosas, iluminadas pela luz ofuscante de uma hora indefinida, reinava o silêncio. Através das arcadas do corredor, pude ver do outro lado do grande salão uma porta envidraçada que dava para o terraço. O silêncio era tal que me enchi de coragem. Não me parecia muito arriscado descer os poucos degraus que me separavam do nível do salão e, dando alguns pulos, percorrer o grande e precioso tapete a fim de chegar ao terraço, de onde sem dificuldade poderia sair para uma rua bem conhecida.

Foi o que fiz. Descendo ao parquê do salão, sob as enormes palmeiras que disparavam dos vasos até os arabescos do teto, reparei que na verdade já estava em terreno neutro, pois o salão não tinha nenhuma parede dianteira. Ele era uma espécie de grande *loggia*, ligada por alguns degraus à praça da cidade. Era como se fosse um braço daquela praça, e alguns dos móveis já estavam nela. Desci correndo os poucos degraus de pedra e encontrei-me na rua outra vez.

As constelações já estavam de cabeça para baixo, a pique, todas as estrelas viravam-se para o outro lado, mas a lua, escondida nos edredons das nuvens, às quais iluminava com sua presença invisível, parecia ter ainda um caminho infinito à sua frente e, imersa em seus procederes celestes, nem pensava no amanhecer.

Na rua escureciam alguns fiacres muito batidos, em mau estado, cochilando feito caranguejos ou baratas deformados. Um cocheiro inclinou-se do alto da boleia. Tinha o rosto fino, vermelho e bondoso. "Vamos embora, senhor?", perguntou. O coche estremeceu em todas as juntas e articulações do seu corpo de muitos membros e pôs-se em marcha sobre os seus aros leves.

Mas numa noite como essa quem é que se entrega aos caprichos de um cocheiro tão irresponsável? Em meio à crepitação dos raios das rodas, ao ribombo da capota e da cabine, eu não conseguia me entender com ele quanto ao destino. A tudo que eu dizia ele acenava complacente e descuidadamente a cabeça e, cantarolando, rodava pela cidade.

Na frente de um botequim, um grupo de cocheiros acenou-lhe com as mãos em amigável saudação. Ele, todo contente, respondeu alguma coisa e, sem parar o veículo, largou as rédeas no meu colo, desceu da boleia e juntou-se aos colegas. O cavalo, um velho e sábio cavalo de fiacre, olhou rapidamente para trás e continuou o seu trote monótono. Para dizer a verdade, o cavalo despertava confiança, parecia mais inteligente que o cocheiro. Mas eu não sabia conduzir e tinha de me sujeitar à sua vontade. Entramos numa rua de subúrbio, com jardins de ambos os lados. Aos poucos, na medida do nosso deslocamento, os jardins transformaram-se em parques de árvores enormes, e estes, numa floresta.

Nunca vou me esquecer dessa viagem luminosa na noite mais clara do inverno. O mapa colorido do céu agigantou-se numa cúpula enorme, em que se amontoaram terras, oceanos e mares fantásticos, riscados pelas linhas dos turbilhões e das correntes siderais, pelas linhas luminosas da geografia celeste. O ar ficou mais leve de se respirar, e luminoso como gaze de prata. Cheirava a violetas. Debaixo da neve lanosa como brancos astracãs, debruçavam-se anêmonas trepidantes com uma centelha de luar em seu cálice delicado. A floresta toda parecia brilhar com milhares de luzes — estrelas que choviam abundantemente do firmamento dezembrino. O ar exalava uma primavera secreta, uma brancura inexprimível de neve e violetas. Entramos numa área de colinas. A linha dos outeiros hirsutos com as vergas nuas das árvores levantava-se ao céu como um suspiro de deleite. Nessas encostas felizes, percebi grupos de viajantes colhendo entre o musgo e os arbustos as estrelas caídas, todas úmidas de neve. O caminho ficou íngreme, o cavalo escorregava e puxava com dificuldade o carro, que cantava em todas as suas articulações. Eu estava feliz. Meus pulmões sorviam a abençoada primavera do ar, o frescor das estrelas e da neve. No peito do cavalo acumulava-se um monte de espuma branca de neve, cada vez mais e mais alto. O cavalo escavava aquela massa limpa e fresca com muita dificuldade. Por fim, parou. Desci do fiacre. Ele arfava cabisbaixo. Estreitei sua cabeça ao meu peito, nos seus grandes olhos negros brilhavam lágrimas. Então vi em sua barriga uma ferida negra e redonda. "Por que não me disse nada?", cochichei, entre lágrimas. "Meu caro, fiz isso por você", ele respondeu, e ficou pequenino como um cavalinho de madeira. Deixei-o. Senti-me estranhamente leve e feliz. Não sabia se esperava o trem suburbano que passava ali ou se voltava a pé para a cidade. Enfim, comecei a descer um caminho íngreme, que serpeava no meio da floresta, primeiro a passos leves e elásticos, depois, acelerando a marcha, passei a uma corrida alegre e ligeira, que logo se transformou num deslizar, como que de esqui. Eu podia regular a velocidade e, com leves movimentos do corpo, mudar à vontade a direção.

Perto da cidade freei essa corrida triunfal, substituindo-a pelo passo bem-comportado de quem está passeando. A lua ainda estava alta. As transformações do céu, as metamorfoses das suas múltiplas abóbadas em configurações cada vez mais sofisticadas, não tinham fim. Nessa noite mágica, como um astrolábio de prata, o céu abria o mecanismo do seu ventre, exibindo em infinitas evoluções a matemática dourada das suas rodas e engrenagens.

Na praça, encontrei pessoas passeando. Todas elas, encantadas pelo espetáculo da noite, tinham o rosto erguido e prateado pela magia do céu. Não me preocupava mais com a carteira. Meu pai, imerso em suas extravagâncias, já devia ter-se esquecido de sua perda, e com minha mãe eu não me importava.

Numa noite dessas, única no ano, surgem pensamentos felizes, iluminações, toques proféticos do dedo de Deus. Cheio de ideias e inspirações, quis voltar para casa, quando vi à minha frente os colegas com livros debaixo do braço. Saíam mais cedo para a escola, despertados pela claridade da noite que não queria terminar.

Fomos em grupo, passeando numa rua que descia abruptamente, na qual soprava um aroma de violetas, e não sabíamos se era a magia da noite que prateava a neve ou se já amanhecia...

A RUA DOS CROCODILOS

Meu pai guardava, na gaveta mais baixa de sua profunda escrivaninha, um velho e belo mapa da nossa cidade.

Era um volume inteiro de folhas de pergaminho dobradas ao meio, que antes, ligadas por pedaços de pano, formavam um enorme mapa de parede, uma vista aérea panorâmica.

Pendurado na parede, ocupava quase todo o espaço do quarto e abria uma vista imensa para todo o vale do rio Tyśmienica, que serpeava, ondulando feito uma faixa de ouro pálido, por toda a região de lagos, pântanos e açudes amplamente derramados, pelos morros ondulados que se estendiam ao sul em serras cada vez mais numerosas, num xadrez de outeiros arredondados, que diminuíam e empalideciam à medida que adentravam a névoa loura e esfumaçada do horizonte. Dessa lonjura murcha da periferia, a cidade emergia e crescia para a frente, primeiro em blocos ainda indistintos, em conjuntos de casas compactos e complexos, cortados pelos profundos barrancos das ruas, para em seguida sobressair-se em casas singulares, gravadas com a nítida expressividade das paisagens vistas através de uma luneta. Nesses planos mais próximos, o artista conseguiu mostrar toda a confusa e diversificada algazarra das ruas e dos becos, toda a nitidez das cornijas, das arquitraves, das arquivoltas e das pilastras brilhando no ouro tardio e escuro da tarde nublada, que banhava todas as dobras e todas as portinholas com o sépia profundo de suas sombras. Os blocos e prismas dessa sombra introduziam-se como favos de mel escuro nos desfiladeiros das ruas, alagavam, com sua massa suculenta, toda a metade de uma rua aqui, as brechas entre as casas ali, dramatizavam e orquestravam, com o romantismo lúgubre das sombras, a multiforme polifonia arquitetônica.

Nesse mapa, que imitava o estilo dos prospectos barrocos, as proximidades da rua dos Crocodilos estavam assinaladas em branco, da mesma forma como nos mapas geográficos costumam ser marcadas as regiões polares, os países desconhecidos ou incertos. Foram desenhadas apenas algumas ruas, com traços pretos e nomes em letra comum, não ornamentada, diferente do nobre tipo romano das outras inscrições. Provavelmente o tipógrafo recusava-se a reconhecer esse bairro como parte do conjunto urbanístico e exprimia sua objeção dessa forma singular e estigmatizante.

Para compreender essa objeção, precisamos voltar a nossa atenção agora mesmo para o caráter ambíguo e duvidoso desse bairro tão divergente do tom principal da cidade.

Era um distrito industrial e de comércio, com um caráter utilitário fortemente acentuado. O espírito dos tempos e os mecanismos da economia não pouparam também a nossa cidade, e aprofundaram as suas gananciosas raízes naquela nesga de sua periferia, originando assim um bairro parasita.

Enquanto na cidade velha reinava ainda o comércio noturno, clandestino, com seu cerimonial solene, naquele bairro novo desenvolveram-se logo as formas modernas e lúcidas de comercialização. O pseudoamericanismo, enxertado no velho solo caruncoso da urbe, desabrochou ali numa exuberante mas vazia e descorada vegetação de vaidade ordinária e grosseira. Viam-se ali prédios baratos, mal construídos, com fachadas que eram caricaturas de si mesmas, prédios cobertos de um estuque monstruoso de gesso gretado. Casas de subúrbio velhas e tortas receberam pórticos feitos às pressas, que só quando vistos de perto podiam ser desmascarados como imitações pobres das instalações metropolitanas. As vidraças defeituosas, embaçadas e sujas, que retratavam em reflexos ondeados a imagem escura da rua, a madeira não aplainada dos pórticos, a atmosfera sombria desses interiores estéreis em que teias de aranha e poeira grossa assentavam-se em prateleiras altas e ao longo de paredes escorchadas e esfareladas, deixavam nessas lojas a marca do Klondike selvagem.[14] Assim estendiam-se oficinas de alfaiates, confecções, depósitos de porcelana, farmácias, salões de cabeleireiros. Em suas grandes vitrines, havia inscrições oblíquas ou dispostas em semicírculo com letras de plástico douradas: *confiserie, manucure, king of england*.[15]

Os moradores nascidos na cidade mantinham-se longe daquele sítio habitado por marginais, pela plebe, por criaturas sem caráter e sem densidade, pela verdadeira mediocridade moral, uma espécie grosseira de ser humano que prolifera em meios efêmeros como aquele. Mas às vezes, nos dias de muito calor, nas horas de baixas tentações, um ou outro morador da cidade perdia-se, como que por acaso, naquele bairro suspeito. Nem sequer os melhores estavam livres da tentação de uma degradação voluntária, de um nivelar de fronteiras e de hierarquias, da vontade de patinhar na lama rasa da comunidade, da intimidade fácil, da suja confusão. O bairro era um eldorado para os desertores da bandeira da dignidade própria. Tudo ali parecia suspeito e ambíguo, tudo convidava a esperanças impudentes, com uma piscadela secreta, um gesto cínico, um olhar lânguido, tudo libertava os baixos instintos.

---

[14] Klondike: região do Canadá famosa pela descoberta de ouro em Bonanza Creek, em 1896, que provocou uma "febre do ouro" e migração em massa. (N. do T.)

[15] "Confeitaria", "manicure", "Rei da Inglaterra". (N. do T.)

Os desavisados dificilmente perceberiam a estranha singularidade desse bairro: a falta de cores, como se nessa parte da cidade, construída tão apressadamente, elas fossem um luxo proibido. Tudo ali era cinzento, como nas fotografias monocromáticas e nos prospectos ilustrados. A semelhança era mais do que simples metáfora, porque às vezes, passeando nessa parte da cidade, tinha-se a impressão de folhear um prospecto, seus enjoativos classificados comerciais, entre os quais aninhavam-se, feito parasitas, anúncios suspeitos, apontamentos irritantes e ilustrações duvidosas; e esses passeios eram tão estéreis e sem rendimento nenhum como as excitações da fantasia induzidas por páginas e colunas de publicações pornográficas.

Entrava-se na oficina de um alfaiate para encomendar um terno — terno de elegância barata, típica desse bairro. O local era grande e vazio, muito alto e sem cor. Enormes estantes de muitos andares sobem à altura indefinida da sala. Os depósitos de prateleiras vazias elevam o olhar até o teto, que pode ser também o céu — o céu pobre, descolorido e arranhado desse bairro. Entretanto, os armazéns mais afastados, que se veem pelas portas abertas, estão cheios até o teto de caixas e de papelões, acumulados como num enorme fichário que, no alto, sob o céu embrulhado do sótão, se desmancha na cubatura do vazio, no material de construção estéril do nada. Pelas janelas grandes e cinzas, quadriculadas inúmeras vezes como papel almaço, a luz não entra, uma vez que o espaço da loja já está transbordando como se fosse água de uma luminosidade acinzentada e indiferente, que não lança nenhuma sombra nem acentua nada. Logo aparece um jovem esbelto, surpreendentemente prestativo, flexível e condescendente, para satisfazer os nossos desejos e nos inundar com sua eloquência fácil e barata de vendedor. Mas, enquanto ele fala, estendendo ao mesmo tempo enormes rolos de fazenda, experimentando, plissando e drapejando a corrente infinita de tecidos que passa por suas mãos, formando com suas ondas sobrecasacas e calças ilusórias, toda essa manipulação parece uma coisa irrelevante, um disfarce, uma comédia, um véu que cobre ironicamente o verdadeiro sentido da questão.

As moças da loja, esguias e de cabelos negros, cada qual com uma mácula na beleza (própria desse bairro de mercadorias defeituosas), entram, saem, ficam na porta do armazém e sondam com os olhos se a coisa em questão (confiada às mãos experientes do vendedor) amadurece devidamente até o ponto programado. O vendedor, mavioso e afetado, parece, às vezes, um travesti. Dá vontade de pegá-lo pelo queixo suavemente traçado, ou de dar um beliscão em sua bochecha empoada e pálida, quando, com os olhos semicerrados, ele chama discretamente a atenção para o selo de proteção do produto, selo de sentido simbólico bem claro.

Aos poucos, a questão da escolha do terno passa para segundo plano. Esse jovem mole, efeminado e depravado, tão compreensivo quanto aos desejos mais íntimos do cliente, agora passa, diante dele, singulares selos de proteção, toda uma biblioteca de selos, o gabinete de um colecionador refinado. Ficava então bem claro que a confecção era apenas uma fachada que abrigava um sebo, uma coleção de publicações e impressos particulares bastante ambíguos. O vendedor atencioso abre outros armazéns, cheios até o teto de livros, gravuras e fotografias. Essas vinhetas, essas gravuras, superam mil vezes os nossos mais ousados desejos. Nunca imaginamos culminâncias de depravação, sofisticações de perversão como essas.

As moças da loja deslocam-se cada vez mais entre as pilhas de livros, moças pardas, moças de papel, parecendo gravuras, mas cheias de pigmento em seus rostos deteriorados, o pigmento escuro das morenas, de um negrume reluzente e gorduroso, que fica à espreita nos olhos para sair de repente e fugir em zigue-zague numa brilhante corrida de barata. Mas mesmo nos rubores queimados, nos estigmas picantes dos sinais, nas manchas pudicas da penugem escura, revelava-se a raça de sangue negro e ressequido. Esse pigmento demasiado forte, esse moca denso e aromático, parecia manchar os livros que elas tomavam em suas mãos oliváceas, o seu toque parecia tingi-los e deixar uma chuva de sardas no ar, um rastro de tabaco, como bexiga-de-lobo[16] de cheiro animal e excitante. Entretanto, a devassidão generalizada desprendia-se cada vez mais dos freios das aparências. O vendedor, após ter esgotado toda a energia de sua insistência, era dominado aos poucos por uma passividade feminina. Agora está deitado num dos sofás dispostos entre as seções de livros, de roupão de seda, revelando o colo feminino. As moças mostram umas às outras figuras e posturas gravadas em capas de revista, enquanto outras já se deitam para dormir em camas improvisadas. A pressão sobre o cliente se atenua. Liberado do círculo de um interesse tão inoportuno, agora ele pode ficar à vontade. As vendedoras, ocupadas com a conversa, não se interessam mais por ele. Virando-lhe as costas ou ficando de lado, param num *contrapposto* arrogante, apoiam-se ora numa perna ora noutra, brincando com seus sapatinhos coquetes, deixam correr por seus corpos esguios, de cima a baixo, o jogo serpeante dos membros com que atacam, por trás de sua descuidada irresponsabilidade, aquele espectador excitado que até então ignoravam. E assim recuavam, retiravam-se manhosamente para os fundos, deixando o espaço livre para as atividades do visitante. Aproveitemos o momen-

---

[16] Do francês *vesse-de-loup*: cogumelo do gênero das licoperdáceas (*Lycoperdon*), que, sem tronco, parece uma bola ou pera. Madura, desmancha-se em pó quando tocada. Cresce nos campos e nas clareiras das florestas. (N. do T.)

to de distração para escapar das consequências imprevisíveis dessa visita inocente e sairmos à rua.

Ninguém nos impede a saída. Atravessando o corredor de livros, entre longas estantes de revistas e outros impressos, saímos da loja e já estamos naquele elevado ponto da rua dos Crocodilos, de onde se vê essa via larga quase em todo o seu comprimento, até os distantes edifícios não acabados da estação ferroviária. O dia está cinzento, como sempre nessa região, e todo o cenário parece por instantes uma fotografia de revista ilustrada, tão cinzentos, tão achatados são os homens, os veículos e as casas. A realidade é fina como papel, e em todas as fendas mostra o seu caráter imitativo. Há momentos em que se tem a impressão de que apenas nessa pequena nesga adiante de nós tudo se compõe exemplarmente numa imagem pontilhada de bulevar metropolitano, enquanto, nas margens, a mascarada improvisada relaxa e se dissolve e, incapaz de desempenhar por mais tempo o seu papel, vai desmanchando-se em gesso e estopa atrás de nós, no bricabraque de um teatro enorme e vazio. Tremem nessa epiderme a tensão da pose, a seriedade artificial da máscara e o *páthos* irônico. Mas não temos a menor vontade de desmascarar tal espetáculo. Apesar do nosso conhecimento sublime, sentimo-nos envolvidos na magia barata do bairro. Aliás, na imagem dessa cidade não faltam também certos traços de autoparódia. Filas de pequenas casinhas térreas suburbanas dão lugar a prédios de muitos andares que parecem construídos com papelão e formam um aglomerado de letreiros, janelas cegas de escritórios, vitrines de vidro cinzento, anúncios e números. Sob os prédios corre o rio da multidão. A rua é larga como o bulevar de uma cidade grande, mas o pavimento de barro batido, cheio de buracos, poças d'água e capim, lembra o das praças das aldeias. O trânsito do bairro serve de referência nessa cidade, os moradores falam dele com orgulho e com um brilho misterioso nos olhos. A multidão parda e impessoal desempenha seu papel com muita seriedade e demonstra com bastante diligência a aparência de uma cidade grande. Mas, apesar de todo esse engajamento e interesse, a impressão que se tem é a de uma peregrinação vaga, monótona e sem rumo, de um cortejo sonolento de fantoches. Uma atmosfera de estranhíssima futilidade permeia todo o cenário. A multidão flutua num ritmo monótono e, coisa estranha, parece sempre indistinta, as figuras trafegam num tumulto emaranhado e comedido, mas nunca atingem nitidez plena. Só às vezes fisgamos desse bulício de tantas cabeças um olhar escuro e animado, um chapéu-coco preto enfiado até os olhos, um meio rosto rasgado por um sorriso, com a boca que acabou de falar, uma perna estendida no meio do passo e assim retida para sempre.

A singularidade do bairro são os fiacres sem cocheiros, correndo livremente pelas ruas. Não é por falta de cocheiros, mas porque eles, misturados com a multidão e ocupados com mil coisas, não cuidam dos seus fiacres. Nesse bairro de aparências e gestos esvaziados, não se costuma dar muita importância ao destino da viagem, e os passageiros se deixam levar pelos veículos com a leviandade característica de tudo o que há nesse lugar. Muitas vezes pode-se ver como, em curvas perigosas, eles se espicham para fora das capotas quebradas e, com as rédeas na mão, esforçando-se muito, fazem uma difícil manobra de ultrapassagem.

Também temos bondes no bairro, o maior triunfo da ambição dos vereadores. Mas é lamentável o estado desses carros, feitos de *papier mâché*, com todas as paredes amassadas, amarrotadas pelos muitos anos de uso. Muitas vezes nem têm a parte dianteira, de modo que se pode ver os passageiros durante a viagem, sentados com muita rigidez e comportando-se com muita dignidade. Esses bondes são empurrados por carregadores municipais. Porém, a coisa mais estranha na rua dos Crocodilos é a comunicação ferroviária.

Às vezes, em diferentes horas do dia, ao findar da semana, pode-se ver uma multidão aguardando o trem numa das curvas da rua. Nunca se tem certeza de que ele virá, nem de onde vai parar, e muitas vezes as pessoas ficam em dois pontos diferentes, incapazes de concordar sobre o ponto de parada. Aguardam muito tempo, uma multidão silenciosa e negra ao longo dos traços pouco visíveis dos trilhos, os rostos em perfil, feito uma fileira de pálidas máscaras de papel recortadas numa fantástica linha de olhares hipnotizados. E finalmente ele está chegando. Já saiu da rua lateral de onde ninguém o esperava, rasteiro como uma serpente em miniatura, com uma locomotiva pequena, arquejante e atarracada. Mal entrou nessa fileira negra, e a rua ficou toda escura de tantos carros semeando fuligem. O arquejo escuro da locomotiva e o sopro de uma estranha seriedade repleta de tristeza, a pressa abafada e o nervosismo transformam por um momento a rua numa estação ferroviária, num crepúsculo apressado de inverno.

As pragas da nossa cidade são a agiotagem praticada com passagens de trem e o suborno.

Na última hora, quando o trem já espera na estação, ocorrem as negociações nervosas e apressadas com os funcionários corruptos da estrada de ferro. Antes que elas terminem, o trem parte, acompanhado por uma multidão lenta e desiludida que o segue até muito longe para, finalmente, dissipar-se.

A rua, comprimida por um momento nessa improvisada estação ferroviária, cheia do crepúsculo e do sopro de caminhos distantes, clareia de novo, alarga-se e deixa passar mais uma vez em seu leito a multidão despreocupada e monótona dos transeuntes, que caminha em meio a conversas ao longo das vitrines, esses quadrados escuros e sujos, cheios de produtos baratos, grandes bonecos de cera e manequins de salão de cabeleireiro.

Passam prostitutas com provocantes vestidos compridos de renda. Mas podem ser também as esposas dos barbeiros ou dos maestros dos cafés. Avançam, rapaces, arrastando os pés, e têm no rosto defeituoso e mau uma mácula discreta que as estigmatiza: um estrabismo escuro e tortuoso, ou então a boca rasgada, ou então falta-lhes a ponta do nariz.

Os moradores da cidade orgulham-se do odor de corrupção que a rua dos Crocodilos exala. Não precisamos nos privar de nada — pensam orgulhosos —, podemos usufruir também da verdadeira devassidão da cidade grande. Eles afirmam que cada mulher desse bairro é uma cocote. E, de fato, basta observar uma delas para encontrar imediatamente aquele olhar persistente, pegajoso e titilante que nos congela de convicção deleitosa. Até as meninas de escola têm o laço de cabelo atado de modo característico, movem seus pés esguios de maneira singular, e seu olhar tem aquela mancha impura em que a futura depravação já se encontra pré-formada.

Mas será, será que devemos revelar o último segredo desse bairro, o segredo, tão cuidadosamente guardado, da rua dos Crocodilos?

Durante o nosso relato colocamos várias vezes certos sinais de aviso, manifestamos discretamente as nossas objeções. O leitor cuidadoso não será então surpreendido com o desfecho dessa questão. Falamos do caráter ilusório e imitativo desse bairro, porém, tais palavras têm um significado definitivo e determinado demais para resumir o caráter incompleto e indeciso dessa realidade.

Nossa língua não possui termos que dosem o grau de realidade, que definam a sua densidade. Falando sem rodeios, a fatalidade desse bairro é que nele nada se realiza, nada chega a seu *definitivum*, todos os movimentos iniciados ficam suspensos no ar, todos os gestos se esgotam antes do tempo e não podem ultrapassar certo ponto morto. Já tivemos a oportunidade de notar a grande opulência e dissipação — nas intenções, nos projetos e nas antecipações — que caracterizam esse bairro. Todo ele não é senão a fermentação de desejos despertados precocemente, e por isso exânimes e vazios.

Aqui, numa atmosfera de demasiada facilidade, brota qualquer capricho, qualquer tensão passageira incha e se alarga numa excrescência bojuda e oca, irrompe uma vegetação parda e leve de lanuginosas ervas daninhas, de papoulas peludas sem cor, vegetação feita de um tecido imponderável de quimeras e haxixe. Sobre todo o bairro paira um fluido preguiçoso e devasso de pecado, e as casas, as lojas, os homens, parecem às vezes um calafrio em seu corpo febril, um arrepio da pele em meio a seus sonhos delirantes. Em nenhum outro lugar nos sentimos tão ameaçados pelas possibilidades como aqui, tão trêmulos com a proximidade da consumação, tão empalidecidos e paralisados pelo deleitoso assombro da destruição. Mas também tudo termina por aí.

Ultrapassando certo ponto de tensão, a enchente para e recua, a atmosfera se apaga e desfloresce, as possibilidades murcham e se desmancham no nada, e as papoulas da excitação, pardas e alucinadas, dissipam-se em cinzas.

Vamos nos arrepender sempre de termos saído por um momento, naquela hora, da confecção de má fama. Nunca a encontraremos de novo. Vamos errar entre os letreiros e nos enganar mil vezes. Visitaremos dezenas de lojas, encontraremos algumas muito parecidas, passearemos entre fileiras de livros, folhearemos revistas e outros impressos, discutiremos intrincada e demoradamente com moças de pigmentação excessiva e beleza contaminada, que não serão capazes de entender os nossos desejos.

Vamos nos enredar em mal-entendidos, até que toda a nossa febre e a nossa excitação se evaporem num esforço vão, numa correria inútil.

Nossa esperança foi um equívoco, o aspecto ambíguo do

local e dos empregados era simples aparência, a confecção era uma confecção verdadeira, e o vendedor não tinha segundas intenções. A corrupção do mundo feminino da rua dos Crocodilos é bastante mediana, abafada por grossas camadas de preconceitos morais e de uma mediocridade banal. Nessa cidade de material humano barato, falta também exuberância de instinto, faltam paixões obscuras e extraordinárias.

A rua dos Crocodilos era uma concessão da nossa cidade à modernidade e à corrupção da grande metrópole. Poderíamos então dizer que, por falta de outras possibilidades, tivemos de nos satisfazer com uma imitação de papel, com uma fotomontagem de recortes de jornais deteriorados do ano passado.

AS BARATAS

Foi no período dos dias cinzentos, depois do esplendor colorido da época genial do meu pai. Foram longas semanas de depressão, semanas pesadas, sem domingos nem feriados, sob um céu fechado e numa paisagem empobrecida. Meu pai já não estava conosco. Os quartos de cima foram arrumados e alugados a uma telefonista. De todo o viveiro de pássaros nos restou apenas um único exemplar, um condor empalhado, numa estante do salão. Na penumbra fresca das cortinas fechadas, ele ficava da mesma forma como quando estava vivo, sobre uma perna só, numa pose de sábio budista, o rosto amargo e seco de asceta petrificado numa expressão final de indiferença e abnegação. Os olhos tinham caído e as órbitas lacrimosas derramavam serragem. Só as calejadas excrescências egípcias em seu enorme bico pelado e no pescoço careca, excrescências e tumores azuis desbotados, davam a essa cabeça senil uma dignidade hierática.

O seu hábito de penas já estava comido em vários lugares pelas traças e perdia aos poucos as camadas fofas e pardas, que uma vez por semana Adela varria junto com o pó anônimo do quarto. Nos pontos calvos, via-se um tecido grosseiro de estopa, do qual saíam pelos de cânhamo. No fundo, eu estava magoado com minha mãe pela facilidade com que ela se conformara com a perda do meu pai. Ela nunca o amou — pensei —, e como meu pai não estava arraigado do no coração de nenhuma mulher, não podia também fincar raízes em nenhuma realidade, e pairava eternamente na periferia da vida, em regiões semirreais, nas beiradas da existência. Nem mereceu uma morte decente, uma morte cívica — pensava eu —, tudo no caso dele tinha de ser esquisito e duvidoso. Resolvi surpreender minha mãe e pôr as cartas na mesa num momento oportuno. Naquele dia (um dia pesado de inverno, com a penugem sedosa do crepúsculo caindo desde as primeiras horas da manhã) ela estava com enxaqueca, sozinha no salão, deitada no sofá.

Nessa sala aparatosa, raramente visitada, reinava, desde que meu pai tinha sumido, uma ordem exemplar, da qual Adela cuidava com cera e vassouras. Os móveis estavam cobertos por capas; tudo se rendia à disciplina severa que Adela estendera sobre a sala. Só um molho de penas de pavão no vaso sobre a cômoda resistia a esse domínio. Era um elemento travesso, perigoso, vagamente revolucionário, como uma turma bagunceira de colegiais, bem-comportada aparentemente, mas devassa e sem freios ao se desviar o olhar. Os olhos daquelas penas de pavão lancinavam o dia todo, furavam as paredes, davam piscadelas, apinhavam-se, pestanejavam, levavam o dedo à boca, uns na frente dos outros, cheios de risinhos e travessuras. Enchiam a sala de gorjeio e de cochicho, derramavam-se como borboletas em volta de um lustre, suas multidões coloridas batiam contra espelhos opacos e senis, desacostumados ao movimento e à alegria, espiavam pelos buracos das fechaduras. Nem na presença da minha mãe, deitada com um lenço na cabeça, eles podiam deixar de piscar, de fazer sinais, de comunicar-se usando o alfabeto mudo das cores, carregado de significados secretos. Irritava-me esse acordo sarcástico, esse complô cintilante pelas minhas costas. Com os joelhos encostados no sofá da minha mãe, pensativo, testando com dois dedos a matéria delicada do seu roupão, eu disse, como que de passagem: "Já faz tempo que eu queria te perguntar: é verdade que aquilo é ele?". E mesmo que nem com o olhar tivesse indicado o condor, minha mãe logo adivinhou e, muito constrangida, baixou os olhos. Deixei propositadamente passar algum tempo, para medir o grau do seu constrangimento, e depois, com muita calma, controlando a cólera crescente, perguntei: "Que significam então todas essas fofocas e mentiras sobre meu pai que você anda espalhando?".

Mas as suas feições, que num primeiro momento desmancharam-se em pânico, começaram a se ajeitar de novo. "Que mentiras?", perguntou, piscando os olhos vazios, preenchidos só de um azul-escuro, sem nenhum branco. "Adela me disse", respondi, "mas sei que partiram de você: quero saber a verdade."

Sua boca tremia levemente, as pupilas esconderam-se nos cantinhos dos olhos, fugindo do meu olhar. "Não menti", disse ela, e sua boca inchou e encolheu-se ao mesmo tempo. Senti que me observava como uma mulher coquete a um homem. "Quanto às baratas, é verdade, você deve se lembrar..." Fiquei confuso. Na verdade, lembrei-me daquela invasão de baratas, da inundação do enxame negro que preencheu a escuridão da noite com uma correria de aranha. Todas as frestas estavam cheias de bigodes trepidantes, de cada fissura podia disparar de repente uma barata, em cada fenda do assoalho podia nascer um relâmpago, um zigue-zague alucinado correndo pelo chão. Ah, essa loucura selvagem do pânico, escrita com uma linha negra brilhante no quadro do assoalho. Ah, os gritos de horror do meu pai, saltando de uma a outra cadeira com uma azagaia na mão. Sem receber alimentos nem líquidos, com pintas vermelhas de febre no rosto, com uma convulsão de repugnância gravada em torno da boca, meu pai ficara completamente selvagem. Era óbvio que nenhum organismo conseguiria aguentar por muito tempo uma carga de ódio como essa. A terrível repulsa transformara seu rosto numa máscara trágica, endurecida, em que apenas as pupilas, escondidas sob as pálpebras baixas, tensas como cordas, espreitavam em eterna desconfiança. De repente, levantava-se da cadeira com um grito selvagem, corria às cegas para um canto da sala e já erguia a azagaia, em que uma enorme barata espetada agitava desesperadamente a maranha de suas pernas. Então Adela socorria meu pai, branco de horror, tirando-lhe a lança com o troféu e afundando-a num balde. Mas já naquele tempo eu não saberia dizer se a origem dessas imagens foram os relatos de Adela ou se eu mesmo as tinha presenciado. Naquela época meu pai já não possuía aquela imunidade que protege as pessoas sadias do fascínio do horror. Em vez de distanciar-se da atração fatal desse fascínio, meu pai, presa da fúria, envolvia-se nela cada vez mais. Os tristes resultados não demoraram a se manifestar. Logo apareceram os primeiros sinais suspeitos, que nos encheram de medo e de tristeza. O comportamento do meu pai mudou. Apagou-se a sua fúria, a euforia de sua excitação. Seus movimentos e sua mímica chegaram a revelar sintomas de má consciência. Passou a nos evitar. Ficava o dia todo escondido pelos cantos, nos armários, debaixo do edredom. Muitas vezes o vi olhando pensativo para as próprias mãos, verificando a consistência da pele e das unhas, em que começavam a aparecer manchas negras, manchas de um negro brilhante feito casca de barata.

De dia ainda resistia com o resto de suas forças, lutava, mas à noite sucumbia a tremendos ataques de fascinação. Podia vê-lo, alta noite, à luz de uma vela colocada no chão. Meu pai ficava deitado no assoalho, todo nu, sarapintado de manchas negras de totem, riscado pelas linhas das costelas, pelo desenho fantástico da anatomia que transparecia, ficava de quatro, possuído pelo fascínio da aversão que o puxava para os seus caminhos emaranhados. Meu pai se mexia com movimentos complicados de membros numerosos, num estranho ritual no qual reconheci, apavorado, uma imitação do cerimonial das baratas.

Desde então, renunciamos ao nosso pai. Sua semelhança com uma barata ficava cada dia mais nítida — meu pai se transformava em barata.

Começamos a nos acostumar com isso. Nós o víamos cada vez menos, desaparecia por semanas inteiras em seus caminhos de barata — não o distinguíamos mais, fundiu-se completamente naquela tribo negra e assombrosa. Quem poderia saber se ele ainda vivia numa fresta do assoalho, se à noite percorria os quartos, envolvido em negócios obscuros de barata, ou se talvez estava entre aqueles insetos mortos que Adela encontrava todas as manhãs, deitados de barriga para cima e pernas para o ar, e levava com nojo numa pá para jogar no lixo?

"Porém", disse eu desesperado, "tenho certeza de que esse condor é ele." Minha mãe me olhou por baixo dos cílios: "Não me importune, querido, eu já disse que o seu pai está atravessando o país como caixeiro-viajante, e você bem sabe que às vezes ele aparece em casa, à noite, para partir ainda antes do amanhecer".

A TEMPESTADE

Naquele inverno longo e vazio, a escuridão da nossa cidade resultou em uma colheita abundante, gigantesca. Os sótãos e bricabraques, aparentemente, não eram arrumados fazia muito tempo, as panelas e as garrafas se acumulavam umas sobre as outras e as pilhas de vasilhames puderam crescer à vontade.

Ali, nas florestas dos sótãos e dos telhados de muitas vigas, a escuridão começou a degenerar-se e a fermentar selvagemente. Ali, começaram aquelas negras assembleias de panelas, aquelas manifestações falaciosas e vazias, aquelas garrafadas balbuciantes e borbulhas de garrafões e vasilhas. Até que certa noite, sob o céu de telhas de madeira, as falanges de panelas e garrafas se ergueram e, numa grande e apinhada multidão, saíram flutuando pela cidade.

Os sótãos, desprendidos dos sótãos, estendiam-se uns sobre os outros e disparavam em fileiras negras, e os seus ecos espaçosos eram percorridos por cavalgadas de vigas e de traves, saltos de cavaletes de madeira que se punham sobre seus joelhos de pinheiro e, saltando para a liberdade, enchiam o espaço da noite com o galope dos caibros e o fragor das terças e tirantes.

Foi então que transbordaram aqueles rios negros, aquelas peregrinações de barris e de regadores, e correram, atravessando as noites. Suas multidões negras, lustrosas e barulhentas assediavam a cidade. À noite, o fragor sombrio das panelas formigava e avançava feito um exército de peixes tagarelas, uma invasão incontida de briguentas garrafas de leite e bacias delirantes. Com os fundos ribombando, amontoavam-se baldes, barris, regadores; bamboleavam jarros de argila de estufeiros; velhos chapéus e cartolas de dândis se sobrepunham, subindo ao céu em colunas que desmoronavam. E todos batiam desajeitadamente as estacas de suas línguas de madeira, moíam inabilmente em bocas de madeira o balbucio das pragas e dos insultos, jogando a lama das blasfêmias por todo o espaço da noite, até chegarem aonde queriam com essas blasfêmias e maldições.

Chamadas pelo coaxo da louça que mexericava de um lado para o outro, chegaram enfim as caravanas, avançaram os poderosos trens do vendaval e acamparam por cima da noite. O gigantesco acampamento, um anfiteatro móvel e negro, começou a descer em círculos enormes rumo à cidade. E as trevas estouraram com uma grande e agitada tempestade, que grassou durante três dias e três noites.

*   *   *

"Hoje você não vai à escola", disse minha mãe logo de manhã, "há uma terrível ventania lá fora." Na sala pairava um delicado véu de fumaça, cheirando a resina. A estufa gemia e assobiava como se nela estivesse presa uma matilha de cães ou de demônios. O enorme mamarracho pintado em seu bojo fazia caretas coloridas e, inchando as bochechas, tornava-se cada vez mais fantástico.

Corri descalço para a janela. O céu era varrido de cima a baixo pelos ventos. Espaçoso, de um branco argênteo, era riscado por linhas de força esticadas quase a ponto de arrebentar, por sulcos severos, como veios solidificados de estanho e de chumbo. Dividido em campos energéticos e estremecendo com as tensões, transbordava de uma dinamicidade oculta. Desenhavam-se nele os diagramas do vendaval que, apesar de invisível e inatingível, carregava de potência a paisagem.

Não dava para vê-lo. Podia-se reconhecê-lo nas casas, nos telhados em que a sua fúria penetrava. Possuídos por sua força, os sótãos pareciam crescer e explodir de loucura, um após o outro.

Despojava as praças, deixava um vazio branco nas ruas, varria pedaços inteiros do mercado. Aqui e acolá curvava-se ao seu peso um homem solitário, agarrado à quina de uma casa. Sob os seus voos poderosos, toda a praça parecia inchar, e brilhava em suas regiões de calvície.

O vento soprava cores frias e mortas no céu, rastros amarelos, lilás e de azinhavre, longínquas abóbadas e arcadas do seu labirinto. Os telhados debaixo daqueles céus eram negros e tortos, repletos de impaciência e expectativa. Aqueles em que o vendaval entrava erguiam-se inspirados, ultrapassavam a altura das casas vizinhas e profetizavam sob o céu desgrenhado. Depois desciam e apagavam-se, e não podiam mais segurar aquele sopro poderoso, que corria, além e mais além, enchendo todo o espaço de fragor e medo. Em seguida, outras casas começavam a levantar-se com um grito e, num paroxismo de clarividência, anunciavam o que estava por vir.

As enormes faias ao lado da igreja, testemunhas de terríveis revelações, erguiam os braços e gritavam, gritavam sem parar.

Atrás dos telhados da praça vi distantes muros de fogo, altas e nuas paredes suburbanas alçando-se umas sobre as outras, crescendo, estupefatas e retesadas de pavor. Um reflexo distante, vermelho e frio, dava-lhes cores maduras.

Naquele dia não almoçamos, porque o fogo da cozinha voltava em baforadas para dentro do cômodo. Os quartos estavam frios e cheiravam a vento. Cerca de duas da tarde, um incêndio deflagrado no subúrbio alastrou-se rapidamente. Minha mãe pôs-se a empacotar com Adela a roupa de cama, os casacos de pele e as joias.

Chegou a noite. O vento ganhou mais força e ímpeto, cresceu desmedidamente, abarcando o espaço todo. Agora não visitava mais as casas e os telhados, mas construía sobre a cidade um espaço múltiplo, espaço de muitos andares, um labirinto negro que crescia em pavimentos infinitos. Desse labirinto ele disparava galerias inteiras de quartos, lançava de asas e trajetos, trovejando, rolava com estrondo longas fileiras de salas, para depois deixar desmoronar andares imaginários, abóbadas e casamatas, e subir ainda mais, modelando com sua própria inspiração aquela imensidão informe.

A sala tremia levemente, os quadros tiniam nas paredes. Os vidros brilhavam com o reflexo untuoso da lâmpada. Nas janelas pendiam as cortinas, enfunadas e cheias do ar daquela noite tão agitada. Nos lembramos de que meu pai não era visto desde a manhã. De manhã cedo, supúnhamos, devia ter ido à loja, onde fora surpreendido pelo vendaval, que lhe obstruía o caminho de volta.

— Ele não comeu o dia todo — lamentava minha mãe. Teodor, o chefe dos vendedores, ofereceu-se para sair à noite, no meio da tempestade, a fim de levar-lhe comida. Meu irmão juntou-se à expedição.

Agasalhados com enormes casacos de pele de urso, carregaram os bolsos com ferros e almofarizes, um lastro para prevenir que o vento os levasse.

Abrimos com cuidado a porta da noite. Mal o vendedor e meu irmão, de casacos enfunados, puseram o pé no escuro, foram engolidos pela noite, logo na soleira de casa. O turbilhão apagou imediatamente o rastro da saída deles. Pela janela, não dava para ver nem a luz da lanterna que levavam.

Absorvendo-os, o turbilhão acalmou-se um pouco. Adela e minha mãe tentaram de novo acender o fogo na cozinha.

Os fósforos apagavam-se, do fogão soprava cinza e fuligem. Ficamos junto à porta escutando. Nas lamentações do vento ouviam-se todas as vozes, persuasões, chamados e histórias. Era como se escutássemos meu pai perdido no vendaval pedindo socorro, ou meu irmão e Teodor conversando despreocupados do outro lado da porta. A impressão era tão forte que Adela abriu a porta e, de fato, avistou meu irmão e Teodor emergindo com dificuldade da ventania em que estavam imersos até o pescoço.

Entraram ofegantes no saguão, fechando com dificuldade a porta atrás de si. Tiveram de encostar-se por um momento aos umbrais, tão violento foi o assédio do vendaval. Enfim, conseguiram fechar o ferrolho, e o vento se foi.

Contaram desordenadamente sobre a noite e o vendaval. Seus casacos de pele, impregnados de vento, agora cheiravam a ar. Suas pálpebras trepidavam na luz; seus olhos, ainda cheios da noite, vertiam escuridão a cada bater das pálpebras. Não conseguiram chegar à loja, perderam-se e quase não acharam o caminho de volta. Não reconheciam a cidade, todas as ruas estavam como que deslocadas.

Minha mãe desconfiava que mentiam. Na verdade, toda a cena dava a impressão de que eles não tinham ido a lugar nenhum, e que durante aquele quarto de hora haviam ficado embaixo da janela. Ou talvez, realmente, já não havia a cidade nem a praça, apenas a noite e o vento cercavam nossa casa com bastidores escuros, cheios de uivos, silvos e gemidos. Talvez nem existissem esses espaços enormes e tristes que o vento nos sugeria, talvez nem existissem esses lamentáveis labirintos, esses corredores e trajetos de muitas janelas que o vento tocava como se fossem flautas negras e compridas. Cada vez mais forte era a nossa convicção de que toda essa tempestade não passava de um quixotismo noturno que no espaço limitado dos bastidores imitava as imensidões trágicas, o desamparo cósmico e a orfandade do vendaval.

Agora a porta do saguão abria-se com frequência, deixando entrar hóspedes enrolados em ponchos e xales. Um vizinho ou um conhecido elegante desvencilhava-se devagar das mantas e sobretudos e, com voz arquejante, soltava histórias, palavras interrompidas e caóticas, que aumentavam fantasticamente, exageravam mentirosamente a imensidão da noite. Estávamos todos sentados na cozinha bem iluminada. Atrás do fogão e do beiral negro e largo da chaminé, havia uma escada de poucos degraus que conduzia à porta do sótão.

Nessa escada estava sentado o chefe dos vendedores Teodor, escutando a música que o vento tocava no sótão. Nos intervalos da ventania, ele ouvia o fole das costelas do sótão dobrando-se em pregas e o telhado tornando-se frouxo e pendente como um enorme pulmão dos quais o fôlego fugira, e então sorvendo o ar de novo, eriçando as paliçadas dos caibros, crescendo como abóbadas góticas, expandindo-se em uma floresta de traves, cheia de um eco mil vezes repetido, troando feito o bojo de um enorme contrabaixo. Mas depois nos esquecemos do vendaval, e Adela foi triturar canela no almofariz ressoante. Tia Perazja chegou para uma visita. Pequenina, agitada e cheia de previdência, com uma coroa de xale negro na cabeça, começou a movimentar-se na cozinha, ajudando Adela. Adela depenou um galo. Tia Perazja acendeu um punhado de papéis no forno e largas fatias de chama começaram a subir voando para o abismo negro. Segurando o galo pelo pescoço, Adela colocou-o em cima da chama para escaldar-lhe o resto dos pelos. O galo bateu de repente as asas no fogo, cantou e queimou-se. Então tia Perazja começou a brigar, a gritar palavrões e pragas. Tremendo de raiva e erguendo os braços, ameaçava Adela e minha mãe. Eu não percebia o que ela queria dizer, e ela, cada vez mais tomada pela raiva, transformou-se num feixe de gestos e de maldizeres. Parecia que, no paroxismo de sua cólera, ela se dissiparia em gestos, desmancharia e se dividiria, dispersando-se em mil aranhas, ramificando-se pelo chão num feixe negro e tremeluzente de baratas em loucas carreiras. Em vez disso, ela começou subitamente a diminuir, a encolher, sempre tremendo e dissipando-se em pragas. De repente, dirigiu-se, curvada e pequenina, para o canto da cozinha onde ficava a lenha e, tossindo e maldizendo, começou febrilmente a procurar alguma coisa entre os troncos sonoros, até encontrar duas lascas finas e amarelas. Pegou-as com as mãos que tremiam de agitação, experimentou atá-las às pernas, subiu nelas como se fossem muletas e começou a andar nessas pernas de pau amarelas, batendo nas tábuas, correndo ao longo da linha oblíqua do assoalho, cada vez mais rápido, para subir depois num banco de pinho, manquejando sobre as tábuas ribombantes, e daí passar a uma prateleira cheia de pratos, uma prateleira ressoante de madeira que rodeava as paredes da cozinha, e correr nela de muletas até enfim chegar a um canto, minguando cada vez mais, enegrecendo, enrolando-se como um papel murcho e queimado, ardendo até virar uma pétala de cinza e esfarelando-se em pó e em nada.

Ficamos todos perplexos diante daquele ataque enlouquecido de raiva, que devorava e digeria a si próprio. Assistimos com pesar ao triste decurso desse paroxismo e, quando o lamentável processo chegou ao seu fim natural, voltamos aliviados aos nossos afazeres.

Adela voltou a tocar o almofariz triturando a canela, minha mãe continuou a conversa interrompida, enquanto o vendedor Teodor, escutando as profecias do sótão, fazia caretas engraçadas, levantava bem alto as sobrancelhas e ria consigo mesmo.

A NOITE DA GRANDE ESTAÇÃO

Todos sabem que em meio aos anos comuns, aos anos normais, o tempo extravagante gera às vezes em seu ventre anos diferentes, singulares, degenerados, nos quais — como um sexto dedo, um mindinho a mais — cresce em algum lugar um décimo terceiro e falso mês.

Dissemos falso porque raramente atinge o desenvolvimento pleno. Como os filhos temporãos, ele fica atrás em altura, um mês corcunda, um rebento meio murcho e mais hipotético do que real.

Culpada é a empolgação senil do verão, sua vitalidade dissoluta e tardia. Às vezes agosto passa, e o velho e grosso tronco do verão continua brotando por hábito, expelindo de sua carcoma aqueles dias bravos, dias-joio, estéreis e idiotas, acrescentando de graça dias-espiga, ocos e não comestíveis — dias brancos, estarrecidos e inúteis.

Eles crescem, irregulares e desiguais, informes e ligados uns aos outros, como os dedos da mão de um monstro, brotando e enrolando-se numa figa.

Alguns comparam esses dias a apócrifos, introduzidos às escondidas entre os capítulos do grande livro do ano, a palimpsestos secretamente incorporados às suas páginas, ou àquelas folhas brancas não impressas, onde os olhos, saturados da leitura e cheios de conteúdo, podem verter imagens e perder cores nas páginas vazias, tornando-se cada vez mais pálidos, para descansar em seu nada, antes que sejam atraídos pelos labirintos de novos capítulos e aventuras.

Ah, esse velho e amarelado romance do ano, esse grande e desmanchado livro do calendário! Ele repousa esquecido nos arquivos do tempo, e seu conteúdo continua a crescer entre as capas, inchando sem parar com a tagarelice dos meses, com a rápida autogênese do blefe, com os delírios e disparates que nele se multiplicam. Ah, registrando as nossas narrativas, organizando as histórias do meu pai na margem gasta do texto, será que não estou alimentando a esperança secreta de que um dia elas venham a integrar-se nas folhas amareladas desse magnífico livro em decomposição, inserir-se no grande sussurro de suas páginas, que as absorverá?

A história que vamos contar aqui aconteceu justamente naquele mês adicional e falso, o décimo terceiro do ano, naquelas poucas páginas brancas dessa grande crônica do calendário.

As manhãs, naquele tempo, eram estranhamente acerbas e refrescantes. Um ritmo mais calmo e mais frio do tempo, um cheiro do ar completamente novo, uma diferente consistência da luz — eram esses os sinais de que havíamos entrado numa outra ordem de dias, numa nova região do Ano de Deus.

Debaixo desses novos céus a voz vibrava sonora e fresca, como num apartamento novo e ainda vazio, cheirando a verniz e tinta, a coisas começadas e ainda não vivenciadas. Com uma estranha emoção experimentava-se o novo eco, provava-se com curiosidade, a mesma com que se começa a cortar um bolo, numa fresca e sóbria manhã, na véspera de uma viagem.

Meu pai estava de novo sentado no escritório dos fundos da loja, num pequeno cômodo dividido como um cortiço em caixinhas multicelulares de arquivo, que descascava-se sem parar em camadas de papel, cartas e faturas. Do sussurro das folhas, do manuseio interminável dos papéis, emergia a existência quadriculada e vazia daquele cômodo;

do incessante movimento dos maços de papel renovava-se, no ar, a partir de inúmeros cabeçalhos de firma, uma apoteose na forma de cidade industrial quando vista do alto, com suas chaminés fumegantes eriçadas, cercada de fitas de medalhas e envolvida por hieróglifos e curvas de pomposos *&* e *Cia.*

Ali meu pai ficava sentado num banco alto, como num aviário, enquanto os pombais dos arquivos sussurravam com seus maços de papel e todos os ninhos e tocas enchiam-se do chilreio dos algarismos.

Os fundos da grande loja escureciam e se enriqueciam a cada dia com novos estoques de panos, cheviotes, veludos e belbutinas. Nas prateleiras escuras, esses celeiros e limbos de uma cor fresca, de feltro, o colorido assentado das coisas rendia lucros mirabolantes, e o grande capital do outono se saciava e se multiplicava. Ali crescia e escurecia esse capital, refestelando-se cada vez mais nas prateleiras, como na galeria de um enorme teatro, completando-se ainda e multiplicando-se a cada manhã com novas mercadorias que, em caixas e pacotes, misturadas ao frio da madrugada, os carregadores barbudos traziam em seus ombros ursinos, soltando gemidos, entre exalações de vodca e de frescor outonal. Os vendedores descarregavam essas novas provisões de nutritivas cores têxteis, lutando, preenchendo cuidadosamente com elas todas as frestas e lacunas dos altos armários. Era um enorme registro de todas as cores do outono, disposto em camadas, ordenado de acordo com as tonalidades que subiam e desciam, como se fossem escadas sonoras, gamas de todas as oitavas cromáticas. Começava embaixo e experimentava, gemendo timidamente, os declives e semitons do alto, depois passava aos cinzas desbotados da distância, aos verdes e azuis das tapeçarias de Gobelins e, crescendo até o alto em acordes cada vez mais largos, chegava aos azuis-escuros, ao anil das florestas longínquas e à pelúcia dos parques rumorejantes, para entrar em seguida, através de todos os sanguíneos, ocres, ruividões e sépias, na sombra sussurrante dos jardins murchos, e chegar até o cheiro escuro dos cogumelos, o suspiro do carcoma nas profundezas da noite de outono e o acompanhamento surdo do mais escuro contrabaixo.

Meu pai passeava ao longo desses arsenais de outono têxtil e tranquilizava, acalmava essas massas, sua força emergente, a potência calma da Estação. Todas aquelas reservas de cores armazenadas, ele as queria manter intactas pelo maior tempo possível, temia quebrar ou trocar por dinheiro aquele fundo de garantia do outono. Mas sabia e sentia que o tempo estava chegando, e que o vento do outono, um vento devastador e quente, sopraria sobre os armários, que se abririam, e nada impediria a sua efusão, o derramamento das torrentes de cores com que eles haveriam de explodir e encher toda a cidade.

A hora da Grande Estação estava chegando. As ruas se animavam. Às seis da tarde, a cidade desabrochava em febre, as casas enrubesciam, e as pessoas andavam animadas por um fogo interior, maquiadas e pintadas de cores gritantes, com olhos em que brilhava uma bela e má febre domingueira.

Nas ruas laterais, nos becos silenciosos, que já adentravam os bairros noturnos, a cidade estava vazia. Só as crianças brincavam nas praças debaixo das sacadas, sem fôlego, de maneira ruidosa e sem sentido. Punham pequenos balões na boca para enchê-los e assim eriçar-se, de repente, numa enorme e gritante excrescência que marulhava e soltava borbulhas, ou para transformar-se numa estúpida máscara de galo, vermelha e cantante, ou em monstros coloridos de outono, fantásticos e absurdos. Parecia que assim, infladas e cantantes, levantariam voo em longas correntes coloridas e, como as revoadas outonais das aves, sobrevoariam a cidade — fantásticas frotas de papel de seda e de tempo de outono. Ou então passavam gritando em pequenos e ruidosos carrinhos, cujas rodas, raios e varais produziam um chiado colorido. Os carrinhos desciam carregados daquele grito, rolavam rua abaixo até chegarem ao derramado córrego amarelo da noite e desmancharem-se num entulho de rodelas, estacas e pauzinhos.

E enquanto as brincadeiras das crianças ficavam cada vez mais barulhentas e emaranhadas, os rubores da cidade escureciam e desabrochavam em púrpura, o mundo todo começava de repente a murchar, exalando rápido um crepúsculo delirante que contagiava todas as coisas. Essa peste do crepúsculo propagava-se, traiçoeira e venenosamente, por todos os lados, passava de uma coisa a outra, e tudo que ela tocava logo apodrecia, tornava-se negro, desmanchava-se em carcoma. As pessoas fugiam do crepúsculo num pânico silencioso, mas, de repente, eram alcançadas por aquela lepra, que aflorava numa erupção escura em suas testas, e elas perdiam os rostos, que caíam em grandes manchas informes, e continuavam caminhando já sem as feições, sem os olhos, perdendo no caminho uma máscara atrás da outra, de modo que o crepúsculo fervilhava dessas larvas abandonadas que se espalhavam ao longo da fuga. Depois tudo começava a cobrir-se de uma cortiça negra e putrescente que se descascava em grandes fatias, em crostas doentes de escuridão. E enquanto embaixo tudo se desagregava e se perdia nesse distúrbio silencioso, nesse pânico de uma decomposição apressada, no alto mantinha-se e crescia cada vez mais o alarme taciturno do crepúsculo, vibrava com o chilreio de milhares de sinetas que tocavam baixinho, fazendo alçar voo milhares de cotovias invisíveis rumo a um enorme e prateado infinito. Depois só havia a noite, que caía de súbito — uma noite imensa, que ainda crescia com os sopros do vento que a dilatavam. Do seu labirinto múltiplo eram arrancados ninhos claros: as lojas — grandes lampiões coloridos, cheios de mercadoria amontoada e do tumulto dos compradores. Pelas janelas resplandecentes desses lampiões era possível observar o ritual das compras de outono, barulhento e rico em estranhíssimos cerimoniais.

Essa grande e ondulada noite de outono, que crescia com as sombras, noite dilatada pelos ventos, escondia em suas dobras escuras bolsos claros, saquinhos cheios de quinquilharias coloridas, de mercadoria sarapintada de bombons, bolos e toda a variedade colonial. Essas cabanas e barracas de feira, feitas de caixas de açúcar, enfeitadas com berrantes anúncios de chocolate e cheias de sabonetes, trastes divertidos, ninharias douradas, folhas de estanho, cornetas, *wafers* e balas coloridas de hortelã, eram postos de leviandade espalhados pelo matagal da imensa noite labiríntica e agitada pelos ventos.

Grandes e sombrias multidões flutuavam na escuridão numa mistura barulhenta, num tropel de mil pés, num ruído de mil bocas — uma peregrinação pululante e emaranhada estendendo-se pelas artérias da cidade outonal. Assim corria esse rio, cheio de ruído, de olhares escuros, de piscadelas manhosas — grande massa de fofocas, riso e tumulto, entrecortada por conversas, picada pela tagarelice.

Era como se as cápsulas secas das papoulas de outono se partissem em multidões, espalhando sementes — cabeças-chocalho, gente-matraca.

Meu pai andava nervoso e corado, com olhos que brilhavam na loja bem iluminada, e escutava.

Através dos vidros da vitrine e do portal, entrava o ruído da cidade, o barulho abafado da turba flutuante. Sobre o silêncio da loja chamejava luminoso um candeeiro de querosene que pendia do teto, afastando de todos os cantos e fendas o menor traço de sombra. O assoalho amplo e vazio crepitava em silêncio e, assim iluminado, contava em comprimento e largura os seus quadrados brilhantes, o xadrez das grandes placas que conversavam em silêncio com estalos, respondiam uma à outra estourando aqui e acolá. Em compensação, os tecidos mantinham-se calados, sem voz, cerrados em sua lanuginosidade de feltro, e passavam seus olhares pelas costas do meu pai, trocavam, ao longo das paredes, sinais silenciosos de um a outro armário.

Meu pai escutava. Nesse silêncio noturno, seu ouvido parecia se alongar e ramificar-se para fora da janela: um coral fantástico, um pólipo vermelho que ondulava na borra da noite.

Escutava e ouvia. Com inquietação cada vez maior, ouvia a crescente longínqua das multidões que se aproximavam. Olhava com medo a loja vazia. Procurava os vendedores. Mas esses anjos escuros e ruivos tinham voado. Restara apenas ele, sozinho, com medo das multidões que inundariam muito em breve o silêncio da loja numa turba saqueadora e barulhenta, que dividiriam entre si, leiloariam todo aquele riquíssimo outono colhido durante muitos anos e armazenado no grande e recatado celeiro.

Onde estavam os vendedores? Onde estavam esses querubins formosos que deviam defender as trincheiras escuras de tecidos? Meu pai suspeitava dolorosamente que estavam em algum lugar nos fundos da casa, pecando com as filhas dos homens. Assim, imóvel e muito preocupado, sentia com seu ouvido interior o que se passava dentro da casa, nas câmaras dos fundos daquele enorme e colorido lampião. A casa se abria à sua frente, cômodo por cômodo, câmara por câmara, como um castelo de cartas, e ele podia ver os vendedores correndo atrás de Adela por todos os quartos vazios e bem iluminados, escada abaixo, escada acima, até que ela conseguia escapulir entrando na cozinha, onde embarricava-se num armário.

Ali estava ela, ofegante, brilhante e alegre, piscando seus longos cílios e sorrindo. Os vendedores davam risinhos, acocorados atrás da porta. A janela da cozinha estava aberta pa-

A noite da Grande Estação 111

ra a noite imensa e negra, cheia de miragens e confusão. Os vidros negros entreabertos ardiam com o reflexo da iluminação distante. Panelas e garrafões brilhantes estavam por toda parte, luzindo em silêncio com seu esmalte gorduroso. Adela inclinava cuidadosamente o rosto colorido para fora da janela, um rosto de boca pintada e olhos que piscavam. Procurava os vendedores, certa de que estavam armando uma cilada. E por fim conseguia vê-los passando com cuidado em direção à janela, um atrás do outro, sobre a cornija, ao longo da parede do andar avermelhado pelo reflexo da iluminação distante. Meu pai deu um grito de cólera e desespero, mas nesse momento o ruído das vozes chegou bem perto e, de repente, apareceram nas janelas claras da loja rostos contorcidos pelo riso, rostos falantes, achatando os narizes contra o vidro luzente. Meu pai ficou vermelho de tanta raiva e pulou para cima do balcão. E, enquanto a multidão tomava a fortaleza de assalto e invadia a loja numa turba barulhenta, ele subiu de um salto nas prateleiras de pano e, pendurado sobre a multidão, soprou com toda a força uma grande trompa de chifre, tocando o alarme. Mas o espaço não se encheu com o ruído dos anjos vindos em socorro — em vez disso, a cada gemido da trombeta respondia o grande e sorridente coro da multidão.

— Jakub, fazer negócio! Jakub, vender! — exclamavam todos, e essas exclamações, repetidas continuadamente, ritmavam-se em coro e transformavam-se aos poucos na melodia de um refrão entoado por todas as gargantas. Então meu pai deu-se por vencido, saltou do alto da cornija e dirigiu-se gritando para as barricadas de tecido. Engrandecido pela cólera, de cabeça inchada, transformada num punho purpúreo, subiu correndo nas trincheiras de pano como um profeta-guerreiro e começou uma luta furiosa contra elas. Penetrava com o corpo inteiro nos enormes rolos de algodão e arrancava-os do lugar, entrava por baixo de grandes cortes de fazenda e os carregava sobre os ombros curvados, para depois jogá-los com um estrondo surdo do alto do balcão. Os rolos caíam, desenrolando-se no ar em enormes bandeiras flutuantes, as prateleiras estouravam por todo lado em explosões de drapeados, em cascatas de pano, como se levassem um golpe do cajado de Moisés.

Assim derramavam-se os estoques dos armários, num vômito violento, correndo em largos rios. O conteúdo colorido das prateleiras transbordava, crescia, multiplicava-se e inundava todas as mesas e os balcões.

As paredes da loja desapareciam sob as gigantescas formações daquela cosmogonia têxtil, sob as cadeias de montanhas que se amontoavam em maciços monumentais. Nas vertentes das montanhas abriam-se largos vales, e em meio ao *páthos* dos grandes planaltos trovejavam as linhas dos continentes. O espaço da loja alargava-se num panorama de paisagem outonal, cheio de lagos e de distâncias, e no pano de fundo desse cenário andava meu pai, entre as dobras e os vales de uma Canaã fantástica, andava a passos largos, com os braços profeticamente estendidos para as nuvens, e com golpes de inspiração moldava o país.

E embaixo, ao pé desse Sinai que crescia na ira do meu pai, o povo gesticulava, maldizia e venerava Baal, e fazia negócios. Enchiam as mãos de pregas macias, ornavam-se com panos coloridos, cobriam-se de dominós e fardas improvisados, e falavam sem ordem nenhuma, mas em abundância.

Meu pai aparecia de repente em cima desses grupos de comerciantes, alongado pela ira e, do alto, admoestava os idólatras com sua palavra poderosa. Depois, levado pelo desespero, trepava nas altas galerias dos armários, corria desvairadamente sobre os tirantes das prateleiras, sobre as tábuas ribombantes dos andaimes desguarnecidos, perseguido pelas imagens de devassidão impudente nos fundos da casa, que sentia pelas costas. Os vendedores alcançaram nesse momento a sacada de ferro no nível da janela e, agarrados ao balaústre, pegaram Adela pela cintura e a puxaram pela janela. Ela piscava os olhos e arrastava as pernas esguias com meias de seda.

Enquanto meu pai, apavorado pelo asco do pecado, encravava-se no horror da paisagem com a ira dos seus gestos, lá embaixo, o povo leviano de Baal entregava-se a um divertimento libertino. A ralé estava dominada por uma paixão paródica, por uma epidemia de riso. Como se podia esperar seriedade daquele povo, um povo de aldravas e quebra-nozes? Como se podia esperar compreensão das grandes preocupações do meu pai por parte daqueles moinhos que não cessavam de triturar a polpa colorida das palavras? Surdos aos trovões da ira do profeta, esses comerciantes de sobrecasaca de seda acocoravam-se em pequenos grupos ao redor das montanhas onduladas de tecido, discutindo demoradamente, em meio a gargalhadas, as qualidades da mercadoria. Esse mercado negro dilacerava com sua língua veloz a nobre substância da paisagem, esmigalhava-a com a picada da falácia e quase a engolia.

Em outro lugar, à frente das altas cachoeiras de panos resplandecentes, havia grupos de judeus de gabardinas coloridas e grandes gorros de pele. Eram os varões da Grande Assembleia, senhores nobres e elevados que, imersos numa conversa reservada e diplomática, cofiavam suas barbas longas e bem cuidadas. Mas mesmo nessa conversação cerimoniosa, nos olhares que trocavam entre si cintilava uma ironia sorridente. Entre esses grupos circulava o povo ordinário, a multidão informe, uma turba sem rosto e sem personalidade. Ele como que preenchia as lacunas da paisagem, estofava o pano de fundo com as sinetas e os chocalhos de suas conversas desatinadas. Era um elemento burlesco, uma multidão dançante de polichinelos e arlequins sem intenções comerciais sérias que, com suas travessuras de palhaço, levava ao absurdo as transações que em algumas partes começavam a se concretizar.

Mas, enjoado de tantas travessuras, esse povo alegre dissipava-se pouco a pouco nas regiões mais distantes da paisagem, onde perdia-se lentamente em meio a cavidades rochosas e vales. Esses brincalhões provavelmente caíam, um após o outro, nas fendas e dobras do terreno, como as crianças cansadas de brincar desmaiam nos cantos e recantos da casa numa noite de baile.

Entretanto, os sábios da cidade, os varões do Grande Sinédrio, passeavam em grupos cheios de dignidade e nobreza, absortos em silenciosos e profundos debates. Espalhando-se por todo aquele vasto país montanhoso, andavam em grupos de dois ou três por caminhos distantes e sinuosos. Seus vultos pequenos e escuros povoavam todo aquele planalto desértico, sobre o qual pendia um céu pesado e sombrio, ondulado e nebuloso, lavrado em longos sulcos paralelos, em leivas prateadas e brancas que exibiam em suas entranhas as camadas cada vez mais profundas de sua estratificação.

A luz do candeeiro criava um dia artificial naquele país — um dia estranho, sem aurora e sem anoitecer.

Meu pai acalmava-se aos poucos. Sua cólera solidificava e ia assentando nos jazigos e estratos da paisagem. Estava sentado nas galerias das altas prateleiras e olhava o vasto país que entrava no outono. Via a pesca nos lagos distantes. Em cada pequeno casco de barco havia dois pescadores lançando uma rede. Nas margens, os meninos carregavam cestas cheias de pescado prateado e saltitante.

Foi então que percebeu no horizonte grupos de peregrinos que, erguendo a cabeça para o céu, indicavam algo com as mãos.

Logo o céu se alastrou com uma erupção colorida, cobriu-se de manchas ondulantes que cresceram, amadureceram e, em poucos minutos, encheram o espaço de um estranhíssimo povo de aves, girando e rodopiando em enormes espirais entrecruzadas. Todo o céu encheu-se do seu voo sublime, dos adejos e das linhas majestosas do seu balanço silencioso. Umas, como enormes cegonhas, flutuavam imóveis com as asas tranquilamente estendidas, outras, como penachos coloridos, troféus bárbaros, batiam as asas pesada e desajeitadamente para manter-se nas ondas da aura cálida; outras ainda, inábeis conglomerados de asas, pernas enormes e pescoços depenados, lembravam abutres e condores mal empalhados, derramando serragem.

Havia entre elas aves de duas cabeças, aves de muitas asas, mas havia também as aleijadas, que mancavam no ar, no voo deficiente de uma só asa. O céu assemelhava-se a um antigo afresco, cheio de monstros e animais fantásticos que giravam, ultrapassavam uns aos outros e voltavam de novo em elipses coloridas.

Meu pai ergueu-se sobre os tirantes e, banhado de um brilho inesperado, estendeu as mãos, chamando as aves com um velho conjuro. Reconheceu-as, muito emocionado. Era uma distante e esquecida prole daquela geração de pássaros que outrora Adela dispersara por todas as partes do céu. Voltava agora, corrompida e viçosa, aquela prole artificial, aquela tribo degenerada e arruinada por dentro.

De tamanho estupidamente aumentado, agigantadas absurdamente, essas aves eram ocas e sem vida. Toda a sua vitalidade passara para a plumagem, desabrochara no fantástico. Era como um museu de espécies fora de uso, um quarto da bagunça do paraíso das aves.

Algumas voavam de costas, tinham os bicos pesados, malfeitos, que lembravam cadeados e fechaduras, carregados de excrescências coloridas, e eram cegas.

Como meu pai ficou emocionado com esse retorno inesperado, como o espantava o instinto das aves, o apego ao mestre que essa estirpe banida guardava na alma como uma lenda, para enfim, depois de muitas gerações, às vésperas da extinção da tribo, partir numa viagem de volta à antiga pátria!

Porém, essas aves cegas de papel já não reconheciam meu pai. Em vão ele as chamava com os antigos conjuros, na língua esquecida das aves — já não podiam vê-lo nem ouvi-lo.

De repente, pedras sibilaram no ar. Eram os palhaços, tribo estúpida e obtusa, que começavam a jogar pedras no céu fantástico de aves.

Foram em vão os avisos do meu pai, os seus gestos de ameaça e de protesto. Não foram ouvidos nem vistos. E as aves caíam. Atingidas, pesavam flácidas e murchavam ainda no ar. Antes que alcançassem a terra, já eram um monte informe de penas.

Num piscar de olhos o planalto cobriu-se dessa estranha e fantástica carne podre. Antes que meu pai chegasse ao lugar da carnificina, toda aquela magnífica estirpe de aves já estava morta e estendida nos rochedos.

Só agora, de perto, meu pai podia ver toda a miséria daquela geração depauperada, todo o ridículo de sua anatomia barata.

Eram enormes feixes de penas recheados de qualquer jeito com carne velha e podre. Em muitos era impossível distinguir a cabeça, pois essa parte globulosa do corpo não dava nenhum sinal de alma. Alguns eram cobertos de pelo comprido e pegajoso, feito bisões, e fediam horrorosamente. Outros lembravam camelos mortos, corcundas e carecas. Outros, ainda, pareciam feitos de uma espécie de papel, vazios por dentro e muito coloridos por fora. Alguns, vistos de perto, revelavam-se nem mais nem menos do que enormes caudas de pavão, leques coloridos, nos quais fora insuflado, de modo inconcebível, um simulacro de vida.

Vi o triste retorno do meu pai. O dia artificial já tomava aos poucos as cores de uma manhã comum. Na loja desolada, as prateleiras mais altas embebiam-se das cores do céu matinal. Em meio aos destroços da paisagem apagada, dos bastidores do destruído cenário noturno, meu pai observava os vendedores que despertavam do sono. Levantavam-se entre os rolos de pano e bocejavam ao sol. Na cozinha do sobrado, Adela, ainda quente de sono, o cabelo desgrenhado, moía café num pilão, apertando-o contra o peito branco, que dava brilho e calor aos grãos. Um gato lavava-se ao sol.

OUTRAS NARRATIVAS

A PRIMAVERA
(fragmento)[1]

No final do inverno vinha uma fileira de dias sóbrios, comuns, dias indistintos, dias ocos e sem sabor como os grandes bolos cozidos na quinta-feira para a semana inteira, guardados em fila numa prateleira durante as tardes frias, brancas e sem sol.

Esses dias cresciam, escapavam de suas doze horas, como adolescentes de roupas apertadas demais, e tinham frio — cada dia mais longos, espichando-se vagarosamente pelas tardes anteprimaveris, pelos crepúsculos resplandecentes que não queriam acabar. Então, de repente, da moldura das semanas emergia o feriado da Páscoa e, de repente, no vazio dos dias, em suas profundezas, começava a formar-se o tempo com as suas cores e o seu sentido, enquanto no palco entrava esse grande teatro da Páscoa, todo esse mistério da ancestral primavera egípcia de muitos pavimentos: um esplêndido e insondável banquete nas mesas longas e brancas, à luz dos castiçais de prata tremeluzentes, sob o suspiro da vazia, grande demais noite pascal. Essas noites pascais pairavam co-

---

[1] Publicado na revista *Kamena*, nº 10, Chełm Lubelski, 1935. Parte deste fragmento, a partir do quinto parágrafo até o fim, veio, mais tarde, com algumas pequenas alterações, a constituir o capítulo XIII de um conto maior, também chamado "A primavera", que integra o segundo livro de Bruno Schulz, *Sanatório sob o signo da clepsidra*, lançado em 1937. (N. do T.)

mo os bastidores escuros atrás das portas abertas da casa e cresciam de causas enormes e inconcebíveis, enquanto, por um instante, sobre o brilhante desfile posto à mesa, paravam em ordem bíblica as figuras do seu zodíaco: pragas egípcias, que dissipavam-se em pó estelar, trituradas pelo moinho daquela noite, diferente de todas as noites do ano.

Assim germinava essa estranha e dura noite primaveril, em profundezas repletas de pragas e de derrota; e em meio ao coaxo de suas estrelas multiplicavam-se as rãs, as serpentes e todo tipo de vermes a preencher o espaço orvalhado, e a noite fervilhava em toda a sua extensão de tantos acontecimentos secretos, enquanto no seu âmago abria-se a escuridão num labirinto de quartos, câmaras vermelhas, de gavetas pintadas, em que morriam repentinamente os primogênitos, as portas fechando-se com estrondo diante da lamentação dos pais.

Passada a semana festiva, esse amontoado teatro da Páscoa era inserido outra vez na parede indiferente das semanas, que ia se aplanando, e as ruas ficavam de novo vazias, e era esquecida a primavera que ainda não havia chegado.

Até que um dia, no fim de abril, a manhã estava cinzenta e quente; as pessoas caminhavam olhando para o chão, sempre para o metro quadrado de terra úmida e escura à sua frente, e não sentiam que as árvores do parque por onde passavam se ramificavam em negror, rebentavam, em vários lugares, em doces e supuradas feridas.

Emaranhado na rede ramosa das árvores negras, o céu, cinzento e abafado, deitava-se tortuosamente nas costas dos homens: amontoado, informe, enorme e pesado como um edredom. Os homens saíam de quatro de debaixo dele, como escaravelhos na umidade quente, farejando com os cornichos sensíveis o barro doce. O mundo jazia mudo, desenrolava-se e crescia em algum canto acima, em algum canto atrás e no fundo, e corria deleitosamente exânime.

De vez em quando desacelerava ao ter a vaga lembrança de algo, ramificava-se junto às árvores, enxertava no dia cinzento a rede espessa e cinzenta do chilreio dos pássaros e seguia para o fundo, rumo ao serpentário subterrâneo das raízes, à pulsação cega dos vermes e lagartas, e crescia com tudo isso, desmesuradamente.

E debaixo dessa imensidão informe acocoravam-se os homens, atordoados e sem nenhum pensamento na cabeça, acocoravam-se com a cabeça entre as mãos, pendiam curvados nos bancos dos jardins com uma pétala de jornal nos joelhos, da qual escorria o texto para a enorme e parda insensatez do dia; pendiam desajeitados numa pose ainda de ontem e babavam indolentemente. Talvez estivessem atordoados por causa dos espessos chocalhos de chilreio, das incansáveis cápsulas de papoula despejando um chumbo cinzento que ofuscava o ar. Andavam sob esse granizo de chumbo, comunicavam-se por gestos nessa torrente estrondosa, ou então silenciavam com resignação.

Mas, de repente, cerca de onze horas, quando num certo ponto do espaço o sol furou com um broto pálido o grande corpo inchado das nuvens, nos cestos ramados das árvores acenderam-se densamente todos os rebentos, e o véu pardo do chilreio, rede de ouro opaco, separou-se aos poucos do rosto do dia, que abria os olhos. Era a primavera.

Então, num só instante, a avenida do parque, até então vazia, fica semeada de homens que se apressam em várias direções, como se fosse um ponto de junção de todas as ruas da cidade, e floresce com os trajes das mulheres. Algumas dessas moças, rápidas e atraentes, se apressam rumo ao trabalho, rumo às lojas, outras vão a encontros, mas, por alguns instantes, enquanto passam pelo cesto rendado da avenida, que respira a umidade das lojas de flores, cesto borrifado pelo gorjeio dos pássaros, tornam-se parte dessa avenida e desse momento, sendo — sem o saber — figurantes dessa cena do teatro da primavera, como se nascessem na calçada, junto das sombras delicadas dos ramos e das folhas que brotam a olhos vistos no pano de fundo dourado e escuro do cascalho úmido; e correm pela duração de alguns dourados e preciosos batimentos de coração para, em seguida, empalidecerem e ensombrecerem de repente, para sumirem e infiltrarem-se na areia, como aquelas filigranas de sombra transparentes que se projetam quando o sol adentra a contemplação das nuvens. Mas, ao menos por um momento, elas encheram com sua pressa fresca aquela avenida, cujo aroma anônimo parece emanar dos farfalhos de suas lingeries. Ah, essas camisas leves, frescas de sabão, levadas a passear sob a sombra filigranada do corredor primaveril, camisas com manchas úmidas debaixo das mangas, secando ao sopro violeta da distância. Ah, essas pernas jovens, rítmicas, suadas de tanto movimento, em novas meias chiantes de seda, meias sob as quais se escondem espinhas e manchas vermelhas, erupções saudáveis e primaveris do sangue quente. Ah, todo esse parque é descaradamente espinhoso, e todas as árvores se derramam em brotos de espinhos, que rebentam em chilreios. Depois a avenida fica vazia de novo, e na calçada abobadada chia baixinho em seus raios de arame um carrinho de bebê com molas delgadas. Na pequena canoa envernizada, envolto num canteiro de altas penugens engomadas de cambraia, dorme como num buquê um bebê delicado e rosado. A moça que empurra devagar o carrinho se inclina às vezes sobre ele, e reclina nas rodas traseiras, que chiam nos eixos dos aros, esse cesto balançante, florescente de musselina branca, e atiça carinhosamente esse buquê até o seu doce e adormecido âmago, em cujos sonhos passa, como num conto de fadas, o fluxo das nuvens e das luzes. Depois, ao meio-dia, ainda se entrelaçam no jardim florescente a luz e a sombra, e através das malhas delicadas dessa rede, derrama-se sem parar, como através de uma gaiola de arame, o chilreio dos passarinhos de um a outro galho, mas as mulheres que passam na beira da calçada já estão cansadas, com os cabelos desatados pela enxaqueca e os rostos atormentados pela primavera. Depois, a avenida se esvazia por completo, e através do silêncio de antes do meio-dia passa lentamente o cheiro do restaurante do pavilhão do parque.

A primavera (fragmento)

O OUTONO[2]

Vocês conhecem decerto a época em que o verão, ainda há pouco tão exuberante e cheio de vigor, o verão universal que em sua vasta esfera abarca tudo o que se possa pensar — gente, eventos, coisas —, um belo dia ganha uma mancha que mal se percebe. O brilho solar ainda cai abundante e denso, a paisagem continua a ter o gesto clássico e senhoril que essa estação herdou do gênio de Poussin, mas — coisa curiosa —, retornamos de uma excursão matinal estranhamente entediados e estéreis: será que estamos com vergonha de alguma coisa? Sentimo-nos um pouco indispostos e evitamos trocar olhares — por que será? E sabemos que, ao cair da tarde, uns e outros vão a um recanto do verão para bater e bater na parede, verificando se o tom ainda está bem sonoro e sólido. Há nessa tentativa um prazer perverso de trair, de desmascarar, há um leve frêmito de escândalo. Mas oficialmente ainda temos muito respeito por ele e somos muito leais: uma empresa sólida, uma empresa tão bem estabelecida... Mesmo assim, quando no dia seguinte se espalha a notícia do concurso — esta já é uma notícia de anteontem, sem a força explosiva do escândalo. E enquanto a licitação toma seu rumo lúcido e vigoroso, enquanto os apartamentos profanados se esvaziam, se despojam e ficam cheios de um eco alvo e sóbrio, nada desperta nenhuma pena e nenhum sentimen-

[2] Publicado na revista *Sygnały*, n° 17, Lvov, 1936. (N. do T.)

to: toda essa liquidação do verão tem em si a leveza, a lentidão e a futilidade de um Carnaval atrasado, que se estende até a Quarta-Feira de Cinzas. O pessimismo, porém, talvez seja precoce. As negociações ainda continuam, as reservas do verão ainda não foram esgotadas, ainda é possível uma restituição plena... Mas a ponderação e o sangue-frio não são virtudes dos veranistas. Até os hoteleiros, os hoteleiros envolvidos até o pescoço em ações de verão — rendem-se. Não! Essa falta de lealdade, de reverência para com esse aliado tão fiel nada tem a ver com o grande estilo comerciante! Não passam de feirantes, homens pequenos e covardes, que não pensam a longo prazo. Cada um deles aperta contra a barriga uma bolsa com suas economias. Deixaram cinicamente cair a máscara da gentileza e estão tirando o *smoking*. Cada um mostra a cara do pagador que foi...

Nós também fazemos as malas. Tenho quinze anos e estou completamente livre dos deveres da vida prática. Como ainda não chegou a hora da viagem, saio correndo mais uma vez para me despedir da cidade, avaliar os resultados deste verão, ver o que dá para levar e o que deve ficar para sempre nesta cidade condenada a desaparecer. Mas numa pequena praça redonda do parque, agora vazia e iluminada pelo sol da tarde, ao lado do monumento a Mickiewicz,[3] alvorece em minha alma a verdade sobre o solstício de verão. Na euforia dessa revelação, subo dois degraus do monumento, descrevo um semicírculo com o olhar e, com os braços estendidos, como se estivesse me dirigindo a toda esta cidade de veraneio, digo: "Adeus, Estação! Você era muito bonita e muito rica. Nenhum outro verão pôde se comparar a Você. É o que ho-

---

[3] O autor descreve, neste trecho, a topografia real de Truskawiec, balneário próximo à cidade de Drohobycz. Adam Mickiewicz (1798-1855) é considerado o poeta nacional da Polônia. (N. do T.)

je reconheço, embora muitas vezes tenha ficado infeliz e triste por Sua causa. Deixo-Lhe como lembrança todas as minhas aventuras espalhadas pelo parque, pelas ruas e pelos jardins. Não posso levar comigo os meus quinze anos, e eles ficarão aqui para sempre. Além disso, na varanda da mansão onde morava, enfiei numa fresta entre dois troncos um desenho que fiz como lembrança para Você. Agora Você está descendo para o mundo das sombras. Com Você descerá toda esta cidade de mansões e jardins. Vocês não têm herdeiros. Você e esta cidade estão morrendo, como os últimos de uma estirpe...

"Mas Você não é inocente, ó Estação! Vou Lhe dizer por quê. Você não quis, ó Estação, ficar nos limites do real. Nenhuma realidade Lhe satisfazia. Você não cabia em nenhuma realização. Como o real não Lhe saciava, Você criava superestruturas de metáforas e figuras poéticas, transitava em associações, em alusões, nas imponderabilidades que existem entre as coisas. Cada coisa remetia a outra, que se referia à seguinte e assim por diante, sem nunca acabar. A Sua destreza chegou a nos aborrecer. Estávamos fartos de balançar nas ondas de uma interminável fraseologia. Sim, de uma fraseologia — perdoe a palavra. Isso ficou claro quando, aqui e acolá, em muitas almas, começou a despertar a saudade do essencial. A partir daí, Você já estava superada. Desvelaram-se os limites da Sua universalidade, pois o Seu grande estilo, o Seu belo barroco, que nos tempos de glória se adequava à realidade, agora virou um maneirismo. As Suas doçuras e meditações já tiveram o estigma da exaltação juvenil. As Suas noites eram grandiosas e infinitas como a inspiração megalomaníaca dos apaixonados, ou então, eram enxames de fantasmas, como o balbucio dos alucinados. Os Seus cheiros eram exagerados e muito acima das capacidades do encantamento humano. Com a magia do Seu toque, todas as coisas se desmaterializavam, cresciam, assumindo formas superiores. Toda a gente comia as Suas maçãs, sonhando com frutas de paisagens paradisíacas, enquanto os Seus pêssegos faziam pensar em frutas etéreas a serem consumidas só com o olfato. Você tinha em Sua paleta somente os mais sublimes registros das cores, e sequer conhecia a fartura e a firmeza dos castanhos escuros, profundos e terrosos. O outono é a saudade que a alma humana sente da materialidade, da essência, dos limites. Quando, pelos insondáveis desígnios da metáfora, os projetos e os sonhos dos homens começam a ter saudade da realização, então é chegada a hora do outono. Esses fantasmas, que, até então, espalhados pelos cantos mais longínquos do cosmos humano, coloriam as altas abóbadas com seus espectros — agora eles procuram o homem, o calor da sua respiração, o aconchego da sua casa, o nicho em que fica a sua cama. A casa do homem se torna agora um núcleo, como o estábulo de Belém, em torno do qual adensam o espaço todos os demônios, todos os espíritos das altas e baixas esferas. O tempo dos belos gestos clássicos, da fraseologia latina, das meridionais redondezas teatrais, esse tempo acabou. O outono procura a firmeza, a força bruta de um Dürer, ou de um Brueghel. Essa forma rebenta dos excessos da matéria, endurece feito os nós da madeira, pega a matéria com as suas garras e mandíbulas, aperta, violenta, amassa e larga com as marcas da luta esses troncos só em parte trabalhados, portadores do estigma de uma vida assombrosa nos esgares impressos em seus rostos lenhosos."

Essas e outras coisas ainda eu falava ao semicírculo vazio do parque, que parecia recuar diante de mim. Eu soltava apenas algumas palavras deste monólogo, ou porque não podia encontrar as palavras certas, ou porque só simulava o discurso, completando com gestos as palavras que faltavam. Eu mostrava as nozes, clássicas frutas outonais, aparentadas aos móveis do quarto, nutritivas, saborosas e duráveis. Lembrei das castanhas, desses modelos envernizados de frutas, bilboquês feitos para a brincadeira das crianças, bem como das maçãs de outono, enrubescendo nas janelas das casas com um vermelho caseiro, prosaico e bom.

O entardecer já começava a asfixiar o ar quando voltei à pensão. No pátio, já havia duas carruagens prontas para nos levar. Os cavalos desatrelados bufavam com a cabeça imersa nos sacos de forragem. Todas as portas estavam amplamente abertas, as velas acesas na mesa do nosso quarto rastejavam numa corrente de ar. O crepúsculo que caía com tanta pressa, aquelas pessoas que perderam o rosto ao escurecer e levavam apressadamente as suas malas, aquela desordem no quarto aberto e violado — tudo isso dava a impressão de um pânico célere, triste e atrasado, de uma catástrofe trágica e afugentada. Finalmente tomamos os nossos lugares nas carruagens profundas e partimos. Sentimos o sopro do ar forte e denso do campo. Os cocheiros, com seus longos chicotes, pescavam estalos suculentos no ar inebriante e equiparavam cuidadosamente o ritmo dos cavalos. As poderosas, extraordinárias nuvens do bafo dos cavalos oscilavam no escuro em meio aos golpes macios dos seus rabos. Assim avançavam na paisagem solitária da noite, sem estrelas ou luzes, um atrás do outro, esses conglomerados de cavalos, de caixas ribombantes e arquejantes foles de couro. Às vezes pareciam decompor-se, desintegrar-se, feito caranguejos que ao correr se dividissem em partes. Então os cocheiros pegavam mais firme nas rédeas e alinhavam os trotes desordenados, para juntá-los em formações rígidas e regulares. Dos lampiões de rua acesos vinham longas sombras para dentro da noite, que se alongavam, desprendiam-se, correndo rumo aos desertos selvagens. Fugiam às escondidas nas suas longas pernas, para longe daqui, postavam-se junto à floresta para insultar os cocheiros com gestos ofensivos. Os cocheiros respondiam estalando os chicotes e não se deixavam intimidar. A cidade já dormia quando chegamos às fileiras de casas.

Aqui e acolá, ardiam os lampiões nas ruas vazias, como se fossem feitos apenas para iluminar uma casa de pavimento baixo, uma varanda, ou para fixar na memória o número sobre um portão fechado. Surpreendidas, de repente, numa hora tão avançada, as pequenas lojas fechadas a sete chaves, os portões com as soleiras polidas, os letreiros batidos pelo vento noturno mostravam um abandono desesperançado, uma profunda orfandade das coisas deixadas à própria sorte, esquecidas pelos homens. A carruagem da minha irmã tomou uma rua lateral, enquanto nós seguimos para a praça. Quando entramos na sombra profunda da praça, os cavalos mudaram o ritmo de sua passada. Um padeiro descalço na soleira de um saguão nos trespassou com os seus olhos escuros, a janela da farmácia, ainda vigilante, nos entregou e logo pegou de volta um bálsamo de framboesa numa grande garrafa. A rua se adensou sob as patas dos cavalos, e do emaranhado do tropel sobressaíram as mandíbulas de ferraduras simples e duplas, cada vez mais escassas e mais nítidas, enquanto da escuridão emergia devagar a nossa casa com sua fachada arranhada, até parar bem à frente da carruagem. A empregada nos abriu o portão, segurando a lamparina de querosene com o refletor. Na escadaria surgiram as nossas sombras enormes, que só lá em cima, no teto, se partiam. O apartamento estava agora iluminado por uma só vela, cuja chama vacilava ao toque do vento que entrava pela janela aberta. No papel de parede escuro crescia o mofo das aflições e amarguras de várias gerações de doentes. Os móveis antigos, acordados do sono, tirados de uma longa solidão, pareciam observar com um conhecimento amargo, com uma paciente sabedoria, os que voltavam. "Vocês não podem escapar de nós — pareciam dizer —, sempre terão de retornar ao círculo da nossa magia, porque distribuímos entre nós, de antemão, todos os seus gestos e movimentos, inclusive os de levantar e sentar, por todos os seus dias e todas as suas noites.

O outono

Nós aguardamos, nós sabemos..." As enormes e profundas camas, cheias de travesseiros e edredons empilhados e frescos, estavam à espera dos nossos corpos. As eclusas da noite já rangiam sob a pressão das massas escuras do sono, de uma lava espessa, pronta para derramar-se, romper os diques e as portas, sair dos velhos armários e das estufas, nos quais o vento não parava de suspirar.

REPÚBLICA DOS SONHOS[4]

Aqui, nas ruas de Varsóvia, nestes dias tumultuosos, embriagantes e em chamas, viajo em pensamento à longínqua cidade dos meus sonhos, sobrevoo com o olhar esta terra baixa, vastíssima e ondulada como o manto de Deus, como um lençol colorido que pende da soleira do céu. Porque toda esta terra se estira sob ele, carregando em si esta abóbada colorida, múltipla, cheia de galerias, trifórios, rosáceas e janelas que dão para a eternidade. A cada ano esse país se entranha mais no céu, ingressa nas auroras, ganha contornos angelicais nos reflexos da grande atmosfera.

Onde o mapa do país já se torna bem meridional, desbotado pelo sol, escurecido e queimado pelo tempo de verão feito uma pera madura — ali, como um gato deitado ao sol, encontra-se esta terra escolhida, esta província singular, esta cidade única no mundo. Seria em vão falar disso aos profanos! Seria em vão explicar que com esta comprida e ondulante língua da terra com a qual arqueja o país no calor do verão, que com este cabo canicular estendido ao sul, braço solitário enfiado entre as morenas vinhas húngaras — separa-se este oásis da unidade do país e segue solto, solitário, por um caminho ainda não experimentado, tenta por conta própria ser mundo. Esta cidade e esta terra fecharam-se num

---

[4] Publicado na revista *Tygodnik Ilustrowany*, nº 29, Varsóvia, 1936. (N. do T.)

microcosmo autossuficiente, instalaram-se, assumindo todo o risco, à beira da eternidade.

Os jardins suburbanos repousam como que à margem do mundo, fitando pelas cercas o infinito da planície sem nome. Logo depois das barreiras da cidade o mapa do país se torna anônimo e cósmico, como Canaã. Por cima dessa estreita e perdida nesga de terra, outra vez abriu-se um céu mais profundo e mais vasto do que em qualquer outro lugar, um céu enorme, uma cúpula de muitos andares, absorvente e repleta de improvisações e afrescos inacabados, drapejamentos alados e arrebatadas ascensões.

Como explicar isso? Enquanto as outras cidades se desenvolveram em economia, cresceram em algarismos estatísticos, em numerosidade — a nossa cidade mergulhou no essencial. Aqui, nada acontece por acaso, nada ocorre sem premeditação e sem um sentido profundo. Aqui, os acontecimentos não são fantasmas efêmeros da superfície, aqui eles têm raízes aprofundadas até o âmago das coisas. Aqui, a cada instante se decide algo, exemplarmente e por todos os tempos. Aqui, todas as coisas acontecem uma só vez e irrevogavelmente. Por isso a seriedade é tão grande, tão profunda a ênfase, e por isso há tanta tristeza naquilo que aqui acontece.

Agora, por exemplo, os pátios estão mergulhados em urtigas e ervas daninhas, os barracos e os galpões, tortos e cobertos de musgo, afundados em enormes bardanas amontoadas até os alpendres de madeira. A cidade fica sob o signo das ervas daninhas, de uma vegetação selvagem, fogosa e fanática que brota como uma erva barata e precária, erva venenosa, virulenta e parasita. Essa erva daninha queima, acesa pelo sol, as traqueias das folhas arquejam com a clorofila em chamas, os exércitos das urtigas, viçosos e vorazes, devoram culturas florais, invadem jardins, ocupam à noite as paredes não vigiadas nos fundos das casas e dos palheiros, espalham-se pelos fossos da estrada. Coisa estranha a vitalidade possessa, inútil e improdutiva que reside nessa migalha ardente da substância verde, nesse derivado do sol e da água subterrânea. De uma pitada de clorofila ela tira e desenvolve, no incêndio desses dias, aquele tecido exuberante e vazio, um miolo verde, reproduzido em milhões de chapas de folhas atravessadas pelo verde e cheias de nervuras, transluzindo com aquoso e vegetativo sangue verde, cobertas de musgo e pelo, de um forte odor de campo e de ervas daninhas.

Naqueles dias, a janela dos fundos do armazém da loja, que dá para o pátio, ficava cega por causa da belida verde, cheia de brilhos verdejantes, reflexos de folhas, adejos de papel crepom, mantas de verdura ondulante, exuberâncias monstruosas dessa terrível abundância do pátio. Descendo ao fundo da sombra, o armazém folhava-se cintilante com todos os matizes do verde, e os reflexos verdes nele se propagavam em ondas, atravessando toda a profundidade da abóbada, como numa floresta sussurrante.

A cidade caía nessa abundância como num sono centenário, desmaiada por causa do incêndio, ensurdecida pela claridade, e dormia, enrolada cem vezes por teias de aranha, coberta de erva, ofegante e vazia. Nos quartos, verdes de tantas flores bela-manhã nas janelas, morriam, subaquáticas e embaçadas, como no fundo de uma velha garrafa, tribos de moscas reclusas e fechadas para sempre numa agonia dolorosa, distribuída em lamentos monótonos e morosos, em zunido raivoso e lúgubre. Toda essa dispersa fauna rendada a janela reunia em si para uma última estadia antes da morte: enormes pernilongos que batiam um bom tempo nas paredes com a vibração taciturna dos seus voos vagos, até pousarem definitivamente nas vidraças, imóveis e inertes, toda uma árvore genealógica de moscas e insetos plantada naquela janela, ramificada pela vidraça em lenta peregrinação, gerações multiplicadas desses seres alados finos, azuis, metálicos e vítreos.

Nas vitrines das lojas, farfalham silenciosamente ao vento cálido os toldos enormes, claros e cegos, brilhando em chamas, listrados e ondeados. A estação morta reina nas praças vazias, nas ruas varridas pelo vento. Os horizontes longínquos elevados pelos jardins desfilam na luz do céu, iluminados e exânimes, como se tivessem chegado das pradarias celestes e pousado há pouco, feito um enorme lençol — resplandecentes, flamejantes, rasgados no voo —, e como se agora, já gastos, aguardassem uma nova carga da luz renovadora.

O que fazer nesses dias, para onde fugir do calor, do pesadelo que cai sobre o peito na hora cálida do meio-dia? Nesses dias, minha mãe costumava alugar um coche e saíamos todos apinhados na sua caixa preta rumo à "Colina" — os vendedores com suas trouxas na boleia ou pendurados na suspensão. Entrávamos numa paisagem colinosa e ondulada. No calor medonho, a carruagem solitária demorava a passar entre as corcundas dos campos, cavando da estrada uma poeira dourada e quente.

Os dorsos dos cavalos curvavam-se, tensos, suas ancas brilhantes rodopiavam laboriosamente, sacudidas a cada instante pelos golpes macios dos rabos. Os aros rolavam devagar, chiando sobre seus eixos. O landau atravessava a planície dos pastos semeados de montes de toupeira, entre os quais estavam deitadas as vacas, ramificadas e cornudas, informes, enormes bolsas de couro cheias de ossos, nós e saliências, monumentais feito *kurgans*.[5] Seus olhos serenos refletiam longínquos e flutuantes horizontes.

Finalmente paramos na "Colina", ao lado da ampla taberna de tijolos. Solitária na linha de divisão das águas, ela se distinguia no céu pelo largo telhado, bem no limiar alta-

---

[5] Palavra de origem turca que em línguas eslavas designa "montes mortuários". (N. do T.)

neiro dos dois planos descendentes. Os cavalos chegavam com dificuldade ao cume, paravam, meditativos, como que na fronteira entre dois mundos. Depois dessa fronteira, a vista se abria para uma extensa paisagem cortada por estradas, descorada e opalescente como uma pálida tapeçaria de Gobelins, arejada pelo ar vasto, azul e oco. O vento se erguia daquela planície distante e ondulada, levantava as crinas nos pescoços dos cavalos e corria sob o céu alto e límpido.

Aqui costumávamos passar a noite, ou acontecia de o meu pai dar o sinal e nós entrarmos nesse país largo como um mapa, amplamente ramificado de estradas. À nossa frente, nos longínquos e sinuosos caminhos, avançavam carruagens que nos tinham ultrapassado, quase invisíveis à distância. Seguiam pela estrada límpida, entre as cerejeiras, rumo a uma estação de águas, ainda pequena naquele tempo, aninhada num estreito vale coberto de mato, repleto do murmúrio das fontes, de águas correntes e do sussurro das folhas.

Naqueles dias longínquos, concebemos pela primeira vez com os colegas a decisão absurda e impossível de ir ainda mais longe, além da estação de águas, para um país já de ninguém e só de Deus, uma região fronteiriça, conflituosa e neutra, onde se perdiam os limites dos Estados e onde a rosa dos ventos girava sob o céu alto e amontoado. Ali quisemos nos entrincheirar, tornarmo-nos independentes dos adultos, sair completamente da esfera deles, proclamar uma república dos jovens. Ali íamos constituir uma legislação nova e independente, erguer uma nova hierarquia de medidas e valores. Ia ser uma vida sob o signo da poesia e da aventura, de incessantes deslumbramentos e surpresas. Parecia-nos que bastava afrouxar as barreiras e as fronteiras das convenções, dos velhos leitos em que fora represada a correnteza das coisas humanas, para que em nossas vidas pudesse irromper um elemento, um enorme transbordamento do imprevisível, uma enchente de aventuras e enredos românticos. Quisemos sujeitar nossa vida a essa correnteza do elemento da fábula, a esse inspirado fluxo de histórias e acontecimentos, e deixar-nos levar, inertes e só a ela entregues, por essas ondas súbitas. O espírito da natureza, no fundo, era um grande fabulador. Do âmago da natureza brotava incessantemente a verve das fábulas e novelas, dos romances e das epopeias. Toda a grande atmosfera estava apinhada de tramas. Bastava instalar as redes sob o céu cheio de fantasmas, cravar uma estaca, que punha-se a tocar ao vento, para que logo começassem a adejar à nossa volta os trapos dos romances pescados.

Decidimos nos tornar autossuficientes, criar um novo princípio da vida, inaugurar uma nova era, mais uma vez constituir o mundo, é verdade que em escala menor, só para nós, porém conforme o nosso gosto e as nossas preferências.

Esta ia ser uma fortaleza, um *blockhaus*,[6] um posto fortificado dominando toda a região — meio fortaleza, meio teatro, meio laboratório visionário —, e toda a natureza seria atrelada à sua órbita. Como em Shakespeare, esse teatro adentrava a natureza, sem nenhum limite, encravando-se na realidade, absorvendo os impulsos e inspirações de todos os elementos, ondulando com os grandes fluxos e refluxos dos ciclos naturais. Aqui seria o ponto nodal de todos os processos que perpassam o grande corpo da natureza, aqui iriam entrar e sair todas as tramas e todos os enredos delirantes de sua grande alma. Como Dom Quixote, queríamos introduzir em nossas vidas o leito de todas as histórias e de todos os romances, abrir suas fronteiras para todas as intrigas, confusões e peripécias geradas numa grande atmosfera insaciável do fantástico.

Sonhávamos que a região estava ameaçada por um perigo indefinido, envolta em misterioso horror. Diante desse

---

[6] Em alemão, edifício fortificado ou abrigo de combate, adaptado para a defesa aos ataques. (N. do T.)

perigo e dessa angústia, encontrávamos na nossa fortaleza um abrigo e um asilo seguro. Então percorriam a cercania alcateias de lobos, quadrilhas de bandidos vagueavam pelas florestas. Planejávamos os sistemas de segurança, as fortificações, preparávamo-nos para o cerco, cheios de deliciosos calafrios e prazerosa angústia. Nossas portas acolhiam os que fugiam dos facões dos malfeitores. Conosco encontravam abrigo e segurança. Às nossas portas chegavam galopando carruagens perseguidas pelas feras selvagens. Recebíamos ilustres e misteriosos desconhecidos. Perdíamo-nos em suposições desejando desvendar sua incógnita. À noite, todos se reuniam num grande *hall*, ouvindo seguidas histórias e confissões à luz de velas cintilantes. Num certo momento, a intriga que perpassava essas histórias saía da moldura narrativa, adentrava o nosso meio, animadíssima e ávida de sacrifícios, envolvendo-nos em seu redemoinho perigoso. Entravam em nossa vida privada reconhecimentos inesperados, súbitas revelações e encontros incríveis. Perdíamos o terreno sob os pés, ameaçados pelas peripécias que nós mesmos desencadeávamos. Ouvíamos de longe o uivo dos lobos, deliberávamos sobre emaranhados românticos, envolvidos nós mesmos em seus redemoinhos, enquanto lá fora sussurrava a noite impenetrável, cheia de aspirações não formuladas, confissões ardentes e inabarcáveis, noite insondável, inesgotável, emaranhada mil vezes em si mesma.

Não é por acaso que hoje esses sonhos longínquos estão voltando. Pensando bem, nenhum sonho, mesmo o mais absurdo e desvairado, se perde no universo. No sonho há uma fome de realidade, uma pretensão que faz demandas à realidade e cresce imperceptível em dívida e em postulado, em letra que exige pagamento. Faz muito tempo que renunciamos a nossos sonhos de fortaleza, e eis que, anos depois, apareceu alguém que os retomou, que os tratou a sério, alguém ingênuo e de alma fiel que os acolheu ao pé da letra como verdadeiros, que os pegou na mão como uma coisa simples e sem problemas. E eu o vi, e falei com ele. Seus olhos eram incrivelmente azuis, feitos não para olhar, mas para imergir na essência azul dos sonhos. Contava que ao chegar à região de que estou falando, a esse país anônimo, virgem e de ninguém, logo sentiu o cheiro de poesia e de aventura, e reparou no ar os contornos acabados e o fantasma do mito suspensos sobre a terra. E então ele encontrou na atmosfera as formas transformadas dessa concepção, os planos, as elevações e os quadros. Ouviu um chamado, uma voz interior, como Noé quando recebeu as ordens e as instruções.

Ele foi visitado pelo espírito dessa concepção, que perambulava na atmosfera. Proclamou a república dos sonhos, um território soberano de poesia. Em tantos e tantos hectares de terra, num manto de paisagem lançado entre as florestas, proclamou o domínio indivisível da fantasia. Demarcou as fronteiras, assentou as fundações da fortaleza, transformou a região em um grande jardim de rosas. Quartos de hóspede, celas de contemplação solitária, refeitórios, dormitórios, bibliotecas... pavilhões no parque, caramanchões e belvederes solitários.

Qualquer um que, perseguido por lobos ou bandidos, consiga chegar às portas dessa fortaleza, fica a salvo. É conduzido num cortejo triunfal, depois lhe tiram a roupa empoeirada. Todo solene, deliciado e feliz, ele penetra na brisa elísia, na doçura rósea do ar. As cidades e os negócios, os dias e a sua febre ficaram bem para trás. Entrou em um novo ritmo, festivo e brilhante, soltou o próprio corpo, como se fosse uma carapaça, tirou a máscara que lhe fora grudada no rosto, metamorfoseou-se e se libertou.

Olho Azul não é o arquiteto, é antes o encenador. O encenador de paisagens e cenários cósmicos. A sua arte é adivinhar as intenções da natureza, ler suas aspirações ocultas. Porque a natureza é repleta de arquitetura potencial, do potencial de projetar e de construir. Não foi o que fizeram os construtores dos séculos de ouro? Faziam escuta do *páthos* generoso das grandes praças, da perspectiva dinâmica da distância, da pantomima silenciosa das alamedas simétricas. Bem antes de Versalhes, as nuvens dos céus largos das tardes de verão compunham amplos escoriais,[7] as residências aéreas e megalomaníacas ensaiavam suas encenações, seus amontoamentos e *arrangements*[8] enormes e universais. São inesgotáveis as ideias, o planejamento e os projetos orçamentários desse grande e inabarcável *teatrum*. Ele alucina uma arquitetura enorme e inspirada, um urbanismo das nuvens, transcendental.

O peculiar das obras humanas é que, uma vez concluídas, fecham-se em si mesmas, separam-se da natureza e estabilizam-se à base do seu próprio princípio. A obra de Olho Azul não se separou da grande aliança cósmica, mas permanece nela, meio humana, feito um centauro, atrelada a grandes períodos da natureza, ainda não finalizados e ainda em crescimento. Olho Azul convida todos a continuar, para que construam, para que criem — pois por natureza todos somos sonhadores, irmãos, sob o signo da colher de pedreiro, somos, por natureza, construtores...

---

[7] Referência ao mosteiro dos frades agostinianos e residência dos reis da Espanha construído entre 1563 e 1583 por Filipe II. (N. do T.)

[8] Em francês, "composições". (N. do T.)

O COMETA[9]

I

O fim daquele inverno estava sob o signo de uma conjuntura astronômica particularmente favorável. Os presságios coloridos do almanaque floresciam em vermelho na neve, na fronteira das manhãs. Do vermelho abrasado dos domingos e feriados vinha um reflexo que dava para a metade da semana, e assim aqueles dias ardiam a frio com um fogo falso, de palha, os corações iludidos batiam mais forte por um momento, deslumbrados com o vermelho que se anunciava sem anunciar coisa alguma, pois era só um alarme falso, a mentira colorida de um almanaque cuja capa daquela semana fora pintada em rubro gritante. Desde o Dia de Reis, ficávamos toda noite sentados à mesa sobre um desfile branco, brilhante, com seus castiçais e prataria, jogando uma partida sem fim de paciência. A cada hora a noite ficava mais clara, toda glacê e luminosa, brotando dos doces e das amêndoas. A lua, uma transformista incansável, totalmente imersa em práticas lunares, celebrava suas fases sucessivas, cada vez mais luminosas, apresentava-se em todas as figuras do *preferans*,[10] duplicava em todas as cores as suas apostas. Já

---

[9] Publicado na revista *Wiadomości Literackie*, n° 35, Varsóvia, 1938. (N. do T.)

[10] Jogo de cartas popular no século XIX e no início do século XX, na Rússia, nos Bálcãs e na Áustria. (N. do T.)

durante o dia ficava muitas vezes à margem, pronta de antemão, de latão e sem brilho — um valete de paus aceso —, aguardando sua vez. Entretanto, todo um céu de cordeirinhos perpassava seu perfil solitário em uma peregrinação alva, extensa e calada, mal cobrindo-a com uma escama de madrepérola, em que coagulava ao entardecer um firmamento colorido. Depois os dias já se folheavam esvaziados. O vendaval sobrevoava os telhados com um rugido, soprava no fundo das chaminés já frias, construía andaimes e andares imaginários e logo demolia essas rumorosas construções aéreas com um estalido de caibros e traves. Às vezes, deflagrava um incêndio nos subúrbios. Os limpa-chaminés percorriam a cidade na altura dos telhados e galerias sob o céu verde-azinhavre e rasgado. Pulando de uma superfície a outra, nos promontórios e bandeirinhas da cidade, nessa perspectiva aérea, sonhavam que o vendaval lhes abria por um instante a tampa dos telhados, bem acima dos quartos das moças, e logo os fechava com um estalo sobre o grande livro agitado da cidade — uma leitura estonteante para muitos dias e muitas noites. Na vitrine da loja os vendedores haviam pendurado os tecidos de verão, e com as cores macias da lã a aragem se tornou mais amena, ganhou um tom de lavanda, floresceu com a reseda pálida. A neve encolheu, enrugou-se feito o velo de um recém-nascido, infiltrou-se em seco no ar, engolida pelos sopros de cobalto, absorvida de volta pelo céu extenso e côncavo, sem sol e sem nuvens. Em algumas casas já floresciam loendros, abriam-se as janelas, e o chilreio inexpressivo dos pardais enchia o quarto na meditação obtusa do dia azul. Sobre as praças limpas ocorriam de repente confrontos de tentilhões, piscos e abelheiros, soltavam vagidos estridentes e se dispersavam para todos os lados, varridos pelo vento, apagados, aniquilados no azul vazio. Ainda por um instante permaneciam nos olhos as pintas coloridas deixadas por eles — um punhado de confete lançado às cegas no espaço luminoso —, depois, derretiam no azul neutro do fundo dos olhos.

Começou a prematura estação primaveril. Os estagiários de direito, com os bigodes virados para cima e os colarinhos altos e engomados, eram exemplo de elegância e requinte. Naqueles dias que o vendaval lavava feito enchente, quando o vento sobrevoava com estrondo a cidade, eles cumprimentavam, de longe, com seus coloridos chapéus-coco, as damas suas conhecidas, recostados ao vento, as abas do casaco abertas, e desviavam o olhar, cheios de delicadeza e abnegação, para não expor as suas dulcineias à maledicência. As damas perdiam por um momento o chão sob os pés, distraídas pelos farfalhos dos seus vestidos, soltavam gritinhos de susto, mas, recuperando o equilíbrio, respondiam ao cumprimento com um sorriso.

À tarde o vento costumava acalmar. Na varanda, Adela limpava grandes tachos de latão, que com seu toque emitiam um estalido metálico. O céu pairava imóvel sobre os telhados de ripas, ramificado em estradas celestes. Os vendedores, enviados para a loja com algum pedido de compra, paravam um bom tempo perto dela, junto à soleira da cozinha, encostados no balaústre da varanda, embriagados com o vento do dia todo, tontos com o ensurdecedor chilreio dos pardais. O vento trazia de longe um refrão perdido do realejo. Não dava para ouvir as palavras que eles pronunciavam a meia-voz, como que sem querer, bancando os inocentes, mas, na verdade, com a intenção de escandalizar Adela. Ofendida, ela reagia impetuosamente, xingava-os, exaltada, toda acanhada, e o seu rosto pardo e embaçado dos sonhos de primavera ficava escarlate de raiva e de vontade de rir. Os vendedores baixavam os olhos com uma devoção manhosa, com uma satisfação indecente por terem conseguido fazer com que ela perdesse o equilíbrio.

Os dias e as tardes iam e vinham, os acontecimentos cotidianos corriam desordenados sobre a cidade vista da altura da nossa varanda, por cima do labirinto das casas e dos telhados, no baço resplendor daquelas semanas cinzentas. Os serralheiros percorriam esses labirintos anunciando seus serviços, de vez em quando um espirro monumental de Szloma assinalava com um arremate engraçado o distante e disperso tumulto na cidade. Numa praça afastada, a louca Tłuja, levada ao desespero pelos comentários maldosos dos meninos, começava a dançar sua selvagem sarabanda, levantando bem as saias, para divertimento do povão. A brisa do vento alisava, aplainava essas explosões, distribuía-as em meio à algazarra monótona e parda e as estendia sobre o mar de telhados de ripa, no ar leitoso e esfumaçado da tarde. Adela, encostada no balaústre da varanda, inclinada sobre o longínquo, agitado sussurro da cidade, colhia dele todos os acentos mais fortes, juntava com um sorriso as sílabas perdidas, tentando uni-las, decifrar algum sentido dessa grande e cinzenta, crescente e decrescente monotonia do dia.

A época estava sob o signo da mecânica e da eletricidade, e todo um enxame de invenções se derramara sobre o mundo das asas do gênio humano. Nas casas burguesas apareceram estojos de charuto equipados com um isqueiro elétrico. Ao girar do interruptor, inúmeras centelhas elétricas acendiam o pavio embebido em gasolina. Aquilo despertava esperanças enormes. A caixinha de música em forma de pagode chinês, logo que lhe davam corda com uma chave, começava a tocar um rondó em miniatura, girando feito carrossel. Pequenos sinos soavam a cada volta, pequenas portas se abriam, revelando, no cerne do realejo que girava, um triolé de tabaqueira. Em todas as casas se instalavam campainhas elétricas. A vida doméstica decorria sob o signo do galvanismo.[11] A bobina de fio de cobre isolado tornou-se um símbolo dos

---

[11] Referência a Luigi Galvani (1737-1798), médico e cientista italia-

tempos. Nos salões, os jovens elegantes demonstravam o fenômeno de Galvani e recebiam olhares radiantes das damas. O condutor elétrico abria o caminho ao coração das mulheres. De cima do experimento bem-sucedido, os heróis do dia distribuíam beijos em meio aos aplausos do salão.

Não foi preciso esperar muito para que a cidade se enchesse de velocípedes de diferentes tamanhos e formas. Uma visão filosófica do mundo estava em vigor. Qualquer um que admitisse a ideia de progresso assumia as consequências e montava num velocípede. Naturalmente, os primeiros foram os estagiários de direito, essa vanguarda das novas ideias, dos bigodes enrolados nas pontas e dos chapéus-coco, flor e esperança da nossa juventude. Empurrando o povão barulhento, entravam na multidão com enormes biciclos, triciclos, tocando os raios de arame das rodas. Com as mãos no largo guidom, manobravam do alto do selim aqueles aros enormes, que se encravavam na plebe festejante numa linha ondeada e sinuosa. Alguns deles eram tomados por fúria apostólica. De pé nos pedais como se fossem estribos, discursavam para o povo, prenunciando uma nova e feliz era da humanidade — a salvação pelo biciclo... E continuavam seu percurso entre os aplausos do público, fazendo reverências a todos pelo caminho.

Porém, naqueles desfiles magníficos e triunfais havia algo de lamentável e comprometedor, uma dissonância dolorosa e desagradável que os desequilibrava no topo do triunfo e os levava a descambar em paródia de si mesmos. Deviam sentir isso mesmo quando pendurados feito aranhas na aparelhagem filigranada, escarranchados nos pedais como grandes rãs saltitantes, quando executavam seus movimentos de pato entre os aros rolantes. Estavam a um só passo do ridí-

---

no, professor de anatomia na Universidade de Bolonha, que realizou estudos pioneiros no campo do bioeletromagnetismo. (N. do T.)

culo, e davam-no com desespero, inclinando-se sobre o guidom e dobrando a velocidade — um turbilhão ginástico de malabarismos violentos que cambalhotavam sem parar. Não havia nada de estranho naquilo. O homem adentrava, pela força da astúcia proibida, no domínio das facilidades incríveis alcançadas por um preço ridículo, bem abaixo do custo, quase de graça, e essa desproporção entre o investimento e o efeito, essa patente ânsia de enganar a natureza, esse custeamento exagerado de um truque genial — compensava-se com a autoparódia. Seguiam entre gargalhadas, vencedores miseráveis, mártires da própria genialidade — tal foi a força cômica daqueles milagres da tecnologia.

Quando meu irmão trouxe da escola, pela primeira vez, um eletroímã, quando todos nós, com um calafrio interno, experimentamos o toque daquela misteriosa vibração da vida encerrada no circuito elétrico, meu pai sorriu com ar de superioridade. Na cabeça dele amadurecia um pensamento de longo alcance, centralizava-se e fechava-se uma corrente de suspeitas havia muito surgidas. Por que meu pai sorria para si mesmo, por que seus olhos, lacrimejando, viravam para o fundo das órbitas numa devoção engraçadamente macaqueada? Quem poderia responder? Será que ele pressentia um truque grosseiro, uma intriga vulgar, uma maquinação evidente por trás das espantosas revelações daquela força misteriosa? Foi naquele momento que começou o interesse do meu pai pelas experiências de laboratório.

O laboratório do meu pai era simples: alguns pedaços de arame, enrolados em bobinas, alguns vidros de ácido, zinco, chumbo e carbono — nisso consistia a oficina daquele estranhíssimo homem esotérico. "A matéria", dizia ele, baixando os olhos, envergonhado, sufocando a tosse, "a matéria, meus senhores..." Não concluía a frase, dando a entender que estava na pista de uma piada grosseira, e que todos ali presentes tinham sido bem enganados. De olhos semicerrados, o pai ria baixinho daquele fetiche secular. "*Panta rei!*",[12] exclamava, marcando com o movimento das mãos a eterna circulação da substância. Há muito desejava mobilizar as forças em circulação nela ocultas, flexibilizar sua rigidez, abrir-lhe caminhos para a onipenetração, para a transfusão, para a onicirculação, a única que lhe era apropriada. "*Principium individuationis*,[13] ora, ora!", dizia, expressando assim o seu desprezo por esse princípio humano fundamental. Dizia-o como que de passagem, correndo ao longo do arame, semicerrava os olhos e tateava com um toque delicado vários pontos do circuito, sentindo inclusive as mais minúsculas diferenças de potência. Fazia incisões no arame, inclinava-se, escutando, e logo depois aparecia dez passos adiante, para repetir o procedimento em outro ponto do circuito. Parecia ter dez braços e vinte sentidos. Nenhum ponto do espaço estava livre de suas suspeitas. Inclinava-se para cortar o arame em algum ponto do circuito e, subitamente, retornava, feito um gato, a outro ponto escolhido, e errava, envergonhado. "Com licença", dizia, dirigindo-se, de repente, a um observador surpreso que contemplava suas manipulações, "com licença, preciso deste espaço que o senhor está ocupando com a sua pessoa; o senhor poderia sair por um momento?" E fazia, apressado, suas medições instantâneas, destro e ágil como um canário, balançando sob os espasmos dos devidos nervos.

Os metais imersos em soluções ácidas, salgados e azinhavrados naquele banho doloroso, transformavam-se em condutores. Acordados da letargia entorpecente, cantarola-

---

[12] "Tudo flui", em grego, palavras atribuídas ao filósofo Heráclito de Éfeso. Também Nietzsche, ao formular sua concepção de eterno retorno, se referia a esse princípio. (N. do T.)

[13] "Princípio de individuação", em latim, termo que descreve a maneira como uma coisa se distingue de todas as outras. O conceito é também utilizado por Nietzsche em O *nascimento da tragédia*. (N. do T.)

vam melodias monótonas, metálicas, brilhavam intermolecularmente na penumbra perpétua daqueles dias fúnebres e tardios. As cargas invisíveis cresciam nos polos e transbordavam, escapando para a escuridão giratória. A mal sentida coceira, as correntes cegas e formigantes, percorriam o espaço polarizado em linhas de força concêntricas, em giros e espirais do campo magnético. Aqui e acolá, os aparelhos adormecidos davam sinais, respondiam uns aos outros com atraso, tarde demais, com monossílabos desajeitados, traços, pontos, nos intervalos da letargia surda. Meu pai ficava no meio dessas correntes com um sorriso dorido, abalado com essa articulação gaguejante, com essa desgraça enclausurada de uma vez e para sempre, sem saída, que das profundezas não libertas dava sinais monótonos de meias sílabas aleijadas.

Com essa pesquisa meu pai chegou a resultados surpreendentes. Ele tinha conseguido provar, por exemplo, que a campainha elétrica, baseada no princípio do chamado martelo de Neef,[14] é uma simples mistificação. Não era o homem que invadia o laboratório da natureza, mas era a natureza que o envolvia em suas maquinações, realizando, através dos experimentos humanos, seus próprios objetivos, cuja finalidade era desconhecida. No almoço, meu pai tocava a unha do polegar com o cabo da colher molhado de sopa, e eis que dentro da lâmpada começava a tilintar a campainha de Neef. Toda a aparelhagem era apenas um pretexto dispensável, externo à questão; a campainha de Neef era um ponto de convergência de certos impulsos da substância, que perfazia o seu caminho através do engenho humano. Foi a natureza que quis e que fez com que o homem fosse apenas o ponteiro oscilante, a lançadeira do tear que atirava aqui e acolá, conforme a vontade dela. O homem era apenas um componente, uma parte do martelo de Neef.

---

[14] Interruptor elétrico inventado por C. E. Neef em 1840. (N. do T.)

Alguém lançou a palavra "mesmerismo",[15] e meu pai a apanhou com afã. O círculo de sua teoria se fechava, encontrava seu último elo. Segundo essa teoria, o homem era apenas uma estação de trânsito, um entroncamento temporário de várias correntes mesmerianas que divagavam no seio da matéria eterna. Todas as invenções com as quais ele triunfava eram armadilhas da natureza, ciladas do desconhecido. Todos os experimentos do meu pai começaram a ganhar caráter de magia e prestidigitação, sabor de malabarismo paródico. Não vou falar dos seus experimentos com pombos, os quais, em suas manipulações com a vareta, decompunha em dois, em três, em dez, para depois, com muito esforço, introduzi-los gradualmente de volta à vareta, remanipulados. Tirava o chapéu, e eis que saíam voando, um por um, batendo asas, voltando todos à realidade, ocupando a mesa com seu pequeno bando completo, ondulante, arrulhento e agitado. Às vezes, interrompia inesperadamente o experimento, ficava parado, indeciso, os olhos semicerrados, e logo corria em passos miúdos ao saguão e enfiava a cabeça na entrada da chaminé. Lá dentro estava escuro e mudo de tanta fuligem, delicioso como no coração do nada, e as correntes cálidas passavam, para cima e para baixo. Meu pai fechava os olhos e ficava assim, um bom tempo, naquele nada cálido e escuro. Todos sentíamos que esse incidente nada tinha a ver com a questão que ocorria nos bastidores, fechávamos internamente os olhos para tal fato marginal, pertencente a outra ordem de coisas.

Meu pai tinha em seu repertório peças bem deprimentes, que impressionavam com verdadeira melancolia. As cadeiras na nossa sala de jantar tinham encostos altos e bem

---

[15] Doutrina de Franz Mesmer (1734-1815), que deu origem ao método de cura pelo magnetismo. (N. do T.)

esculpidos. Eram umas grinaldas de folhas e flores de tipo realista, mas bastava um toque do meu pai para que a escultura de repente adquirisse uma fisionomia muito engraçada, um remate indefinido, e começasse a tremeluzir e piscar os olhos, o que era bem constrangedor, quase insustentável, até que esse piscar de olhos começava a tomar um rumo definido, uma inevitabilidade invencível, e com isso um ou outro dos presentes exclamava: "Tia Wandzia, por Deus, é tia Wandzia mesmo!", e as damas começavam a chiar, pois era a imagem perfeita da tia Wandzia. Não, era ela mesma, de visita, e já estava sentada proferindo o seu discurso interminável, sem deixar ninguém falar. Os milagres do meu pai aniquilavam a si mesmos, porque não faziam surgir nenhum fantasma; aquela era a tia Wandzia real, em sua própria simplicidade e singeleza, e isso não nos fazia nem pensar em milagre.

Antes de continuarmos a relatar o que sucedeu naquele inverno memorável, convém ainda mencionar brevemente um acontecimento que na nossa crônica familiar é sempre vergonhosamente silenciado. O que aconteceu com o tio Edward? Ele veio fazer uma visita naquela época, sem pressentir nada, cheio de saúde e iniciativa, deixando a esposa e a filha no interior, onde aguardavam saudosas o seu retorno — veio de excelente humor para se divertir um pouco, longe da família. E o que aconteceu? Os experimentos do meu pai lhe causaram uma impressão fulminante.

Após as primeiras artes, tio Edward se levantou, tirou o paletó e entregou-se totalmente à disposição do meu pai. Sem restrições! Eram essas as palavras que ele pronunciava com um olhar insistente e um forte aperto de mão. Meu pai entendeu. Ainda quis certificar-se de que o tio não tinha os preconceitos tradicionais contra o *"principium individuationis"*. Verificou-se que não, absolutamente nenhum. O tio era liberal e sem preconceitos. Seu único desejo era servir à ciência.

Inicialmente, meu pai ainda lhe dava um pouco de liberdade. Fazia os preparativos para o experimento principal. Tio Edward aproveitava essa liberdade para passear pela cidade. Comprou um velocípede de bom tamanho e percorria a praça com suas rodas enormes, espreitando da altura do selim as janelas do primeiro andar. Ao passar pela nossa casa, tirava o chapéu com galanteio para as damas na janela. Tinha os bigodes virados em espirais para cima e uma pequena barba pontuda. Mas não demorou para que ele percebesse que o velocípede não era capaz de iniciá-lo nos mais profundos segredos da mecânica, que aquele aparelho genial não era capaz de proporcionar-lhe frêmitos metafísicos. E foi então que começaram os experimentos em que a falta de preconceitos do tio quanto ao *"principium individuationis"* se tornou tão imprescindível. Tio Edward não tinha nenhuma objeção a se deixar reduzir fisicamente, para o bem da ciência, ao puro princípio do martelo de Neef. Ele concordou, sem reclamar, com a gradual redução de todas as suas propriedades, para que fosse desnudado o seu ser mais profundo, idêntico — algo de que estava convencido havia muito tempo — ao mencionado princípio.

Fechado em seu gabinete, meu pai passou a examinar o complicado ser do tio Edward, uma cansativa psicanálise programada para muitos dias e noites. A mesa do gabinete começou a se encher de complexos desdobrados do seu Ego. No início, o tio ainda participava das nossas refeições, já bem reduzido, tentava entrar nas nossas conversas, e uma vez até andou de velocípede. Depois, desistiu, ao se perceber cada vez mais incompleto. Surgiu nele uma espécie de vergonha, própria do estado em que se encontrava. Evitava as pessoas. Enquanto isso, meu pai se aproximava cada vez mais do fim dos seus trabalhos. Ele chegou a reduzir o tio ao mínimo indispensável, foi tirando aos poucos tudo que era irrelevante. Colocou-o no alto, no nicho do vão da escada, organizando seus componentes segundo os princípios de pilha de Leclanché.[16] O muro naquele lugar estava mofado, e o fungo expandia seu branco trançado. Meu pai aproveitava sem escrúpulos todo o capital do entusiasmo do tio, estendia a trama dele ao longo do comprimento do saguão e da ala esquerda da casa. Avançando na escada junto à parede do saguão escuro, ele colocava pinos de madeira na parede ao longo de toda a trilha da vida atual do tio. Aquelas tardes amarelas e esfumaçadas eram quase completamente escuras. O pai tinha uma vela acesa, com que iluminava de perto a parede murcha, palmo a palmo. Circulam boatos de que tio Edward, até então heroicamente comedido, no último momento mostrou certa impaciência. Dizem até que houve uma explosão violenta, embora atrasada, que por pouco não destruiu a obra já quase concluída. Mas a instalação já estava pronta, e tio Edward, que durante toda a vida fora um esposo, pai e homem de negócios exemplar, também nesse seu último papel se rendeu à suprema necessidade da natureza.

O tio funcionava excelentemente. Nunca se negou a obedecer. Depois de sair de uma situação confusa, em que tantas vezes tinha-se perdido e enrolado, ele afinal encontrou a pureza de um princípio uniforme e retilíneo, ao qual seria subordinado dali em diante. À custa de sua diversidade tão mal administrada, ele agora ganhava uma imortalidade simples e sem problemas. Era feliz? Não adianta perguntá-lo. Essa pergunta tem sentido quando se trata de seres que dispõem de opções, quando a realidade presente pode ser contraposta a possibilidades reais e nelas se espelhar. Mas tio Edward não tinha opções, pois a dicotomia feliz-infeliz para ele não existia, uma vez que era idêntico a si mesmo ao extremo. A pon-

---

[16] Também chamada pilha seca, foi inventada em 1876 pelo engenheiro francês Georges Leclanché (1839-1882) e hoje é usada em lanternas, brinquedos e outros aparelhos. (N. do T.)

to de não ter sido possível deixarmos de reconhecer seus méritos ao vermos que funcionava com tanta precisão. Mesmo sua esposa, tia Teresa, quando um tempo depois veio atrás do marido, não conseguia resistir à vontade de apertar o botão a cada momento, para ouvir aquela voz alta e tonitruante em que reconhecia o antigo timbre da voz dele quando irritado. Quanto à filha, Edzia, pode-se dizer que ficou encantada com a carreira do pai. Depois, é verdade, ela moveu uma espécie de vingança contra mim, pelo ato do meu pai, mas isso já é outra história.

II

Os dias passavam e as tardes se tornavam mais longas. Não havia o que fazer com elas. O excesso do tempo, ainda cru, ainda estéril e inútil, alongava as tardes com crepúsculos vazios. Adela, depois de lavar a louça e arrumar a cozinha, ficava desamparada na varanda, olhava, inexpressiva, o entardecer distante, pálido e avermelhado. Seus lindos olhos, outras vezes tão cheios de expressão, ficavam pasmados de tanta meditação obtusa — salientes, arregalados e brilhantes. Sua tez, que no fim do inverno era embaciada e cinza dos odores da cozinha, rejuvenescia agora sob a influência da gravitação primaveril da lua, crescente de uma fase a outra, e ganhava reflexos leitosos, matizes opalinos, brilhos de esmalte. Agora seus olhos escuros triunfavam sobre os vendedores perturbados, incapazes de continuar a desempenhar o papel de frequentadores *blasés* de bares e lupanares, e que, atordoados com a nova beleza dela, procuravam outra plataforma de aproximação, dispostos a ceder em nome de um novo sistema de relações, bem como a aceitar os fatos positivos.

Os experimentos do meu pai, a despeito de todas as expectativas, não trouxeram a revolução na vida de todos. O enxerto do mesmerismo no corpo da física moderna não foi fecundo, o que não quer dizer que as descobertas dele fossem desprovidas de razão. Mas a verdade não determina o sucesso da ideia. Nossa fome metafísica é limitada e se satisfaz rapidamente. Foi justamente quando meu pai chegou ao limiar de novas descobertas extraordinárias, que em todos nós, nas fileiras dos seus adeptos e seguidores, começou a infiltrar-se o desânimo e a apatia. Os sintomas de impaciência eram cada vez mais frequentes e chegavam a protestos abertos. Nossa natureza se revoltava contra o afrouxamento das leis fundamentais, estávamos fartos dos milagres, desejávamos retornar à velha e sólida prosa, uma prosa de confiança, prosa de uma ordem sempiterna. Meu pai entendeu. Ele entendeu que tinha ido longe demais e freou o voo de suas ideias. O círculo das suas elegantes adeptas e dos seus adeptos com bigodes virados para cima diminuía a cada dia. Desejando uma saída honrosa, meu pai tencionava dar sua última palestra, a de encerramento, quando de repente um novo acontecimento desviou a atenção de todos numa direção inesperada.

Um dia, ao voltar da escola, meu irmão trouxe uma notícia inacreditável, porém verdadeira, sobre o fim do mundo que se avizinhava. Pedimos que a repetisse, pensando que tínhamos ouvido mal. Mas não. Assim foi formulada a tão incrível e tão inconcebível notícia. Sim, do jeito que estava, incompleto e inacabado, num ponto aleatório do tempo e do espaço, sem ter fechado as contas, sem ter alcançado uma meta sequer, no meio da frase, sem ponto final ou de exclamação, sem julgamento, sem a ira de Deus — como que em total consonância e lealdade, de mútuo acordo e conforme os princípios aceitos por ambas as partes —, o mundo ia simplesmente e irrevogavelmente arrebentar. Não, aquele não era um final trágico, escatológico, o ato último da comédia humana há muito anunciado pelos profetas. Não, era antes um fim do mundo ciclístico-acrobático, do tipo prestidigitatório, um maravilhoso abracadabra instrutivo-experimental — entre aplausos de todos os espíritos prosélitos do progresso. Não havia quem não ficasse convencido. Os assustados e os que protestavam foram contestados com muita gritaria. Por que não compreendiam que se tratava de uma chance inédita, de um fim do mundo progressista, livre-pensador, à altura dos novos tempos, honroso e com o qual a suprema Sabedoria seria honrada? As pessoas se convenciam com entusiasmo, desenhavam *ad oculos*[17] nas folhas arrancadas de suas agendas, faziam demonstrações incontestáveis, batendo com facilidade os oponentes e os céticos. Nas revistas ilustradas apareceram gravuras de página inteira — as imagens antecipadas da catástrofe em encenações espetaculares. Ali víamos as cidades populosas em pânico noturno sob um céu cada vez mais estupendo de sinais luminosos e outros fenômenos. Já dava para ver a influência espantosa de uma bólide[18] distante, cujo ápice parabólico, sempre a apontar para o globo terrestre, permanecia no céu num voo imóvel, aproximando-se com a velocidade de tantas e tantas milhas por segundo. Como numa farsa de circo, voavam bonés e chapéus-coco, cabelos se arrepiavam, guarda-chuvas se abriam e as carecas surgiam sob as perucas arrancadas — tudo isso debaixo de um céu enorme e negro, tremeluzente com um alerta concomitante de todas as estrelas.

Algo festivo encheu a nossa vida, um entusiasmo e um ardor; nossos movimentos ganharam importância e solenidade, alargando nossos peitos com um suspiro cósmico. À noite, o globo terrestre ardia em algazarra solene, no êxtase

---

[17] Em latim, "visualmente"; aqui no sentido de "com precisão". (N. do T.)

[18] Denominação antiga dos meteoritos; aqui no sentido de "cabeça do cometa". (N. do T.)

solidário das multidões. Começaram as noites negras e desmedidas. As nebulosas de estrelas se adensavam ao redor da Terra em inúmeros enxames. Nos negros espaços planetários esses enxames se distribuíam de forma variável, cobrindo-se da poeira dos meteoros, de abismo em abismo. Perdidos nos espaços infinitos, quase perdemos o globo terrestre sob os pés e, desorientados, confundindo as direções, ficávamos pendurados feito antípodas, de cabeça para baixo sobre o zênite invertido, perambulando pelos enxames estelares, atravessando anos-luz com o dedo salivado, de estrela em estrela. Assim percorremos o céu numa fileira dilatada e desordenada, atravessando em todas as direções os graus infinitos da noite — emigrantes de um globo abandonado a vasculhar o imensurável enxame estelar. Abriram-se as últimas barreiras e os ciclistas entraram no negro espaço sideral; empinados em seus velocípedes, permaneciam em voo imóvel naquele vácuo interplanetário que desabrochava em novas e novas constelações. Voando assim por uma trilha sem saída, traçavam caminhos e rotas de uma cosmografia insone, mas, na verdade, mantinham-se numa letargia planetária, negros como fuligem, como se enfiassem a cabeça na saída de ar de uma estufa, meta final de todos aqueles voos cegos.

Ao fim do dia curto, desordenado, quase dormido, a noite se abria como uma pátria imensurável e fervilhante. Multidões saíam às ruas, despejavam-se nas praças, cabeça sobre cabeça, como se houvessem destampado barris de caviar que derramassem torrentes de bolinhas brilhantes de chumbo, eram rios que corriam sob a noite negra como breu e pululante de estrelas. As escadas quebravam sob o peso dos milhares de pessoas. Em todas as janelas surgiam pequenas figuras desesperadas, homens-fósforo, palitos móveis que atravessavam em fervor lunático o parapeito da janela, formavam filas vivas como formigas, movendo-se em colunas e amontoados — uns sobre os ombros dos outros —, e escorriam das janelas para as plataformas das praças, iluminadas por barris de breu acesos.

    Desculpem-me se ao descrever essas cenas de tanto tumulto e aglomeração chego a exagerar, seguindo maquinalmente os moldes de certas gravuras antigas do grande livro das derrotas e catástrofes da espécie humana. Porque essas cenas têm a mesma protoimagem, e esse exagero melancólico, esse enorme *páthos*, mostra que nós removemos o fundo do barril sempiterno das lembranças, um protobarril do mito, e invadimos a noite pré-humana repleta de um elemento balbuciante, de uma anamnese borbulhante, e já não conseguimos conter a enchente. Ah, essas noites pisciformes e fervilhantes, piscosas de estrelas e brilhantes de escamas; ah, esses cardumes, cujos focinhos engolem incansavelmente, em pequenos haustos, em goles esfomeados, todos os córregos transbordantes e não bebidos dessas noites negras e torrenciais! Para que redes fatais, para que miseráveis armadilhas dirigiam-se essas gerações escuras, mil vezes multiplicadas?

    Ó, céu daqueles dias, todo feito de meteoros e sinais luminosos, riscado pelos cálculos dos astrônomos, mil vezes decalcado, cifrado, assinalado com as marcas-d'água da álgebra. Com os rostos azuis, tal era a glória daquelas noites, atravessávamos os céus pulsantes das explosões de sóis distantes, em deslumbramentos siderais — enxames humanos a flutuar pelo largo caminho, por sobre os encalhos da Via Láctea derramada pelo céu inteiro, um córrego humano em que dominavam os ciclistas em seus aparelhos aracnídeos. Ó, arena estelar da noite, riscada até os confins pelos arcanos, pelas evoluções e espirais, pelos laços daquelas andanças elásticas! Ó cicloides e epicicloides executadas com inspiração pelas diagonais do céu, perdendo raios de arame, deixando friamente pelo caminho os aros brilhantes, e chegando já nuas, envoltas em pura ideia biclética, à meta luminosa! Pois é a esses dias que se costuma atribuir o surgimento da nova constelação, a décima terceira, abrigada para sempre no rol do Zodíaco, brilhando desde então no céu das nossas noites: o "Ciclista".

As casas escancaradas ficavam vazias naquelas noites, sob a luz de lâmpadas que fumegavam impetuosamente. As cortinas das janelas, lançadas noite adentro, flutuavam, deixando assim as salas alinhadas numa contínua corrente de ar que as transpassava de lado a lado com um ininterrupto e forte alarme. Era o tio Edward que soava o alarme. Ele mesmo que, afinal, perdera a paciência, rompera todos os laços, pisara no imperativo categórico,[19] libertara-se do rigor de sua alta moralidade e soava o alarme. Taparam-no rapidamente com panos de cozinha na ponta de uma vara comprida, numa tentativa de estancar a explosão. Mas, mesmo amordaçado, bradava ferozmente, estrepitava em desespero, estrepitava sem juízo, já disposto a qualquer coisa, e a vida lhe escapava com esse estrépito, ele sangrava à vista de todos, sem socorro em seu fanatismo fatal.

Às vezes, alguém entrava rapidamente nos quartos vazios, trespassados pelo alarme violento, entre as lâmpadas que ardiam em altas chamas, e esse alguém corria nas pontas dos pés e parava a alguns passos da soleira, vacilante, como se procurasse alguma coisa. Os espelhos o levavam sem nenhuma palavra para seus fundos transparentes, dividiam-no em silêncio entre si. Tio Edward bradava em alto e bom som através de todos os quartos claros e vazios, e o solitário desertor das estrelas, cheio de remorso, como se tivesse vindo cometer um ato ilícito, retirava-se às escondidas da casa, ensurdecido pelo alarme, e dirigia-se à porta, acompanhado

---

[19] Na ética de Kant, o "imperativo categórico" é o dever de agir conforme princípios que podem ser aceitos e seguidos por todos os seres racionais. A fórmula principal desse imperativo diz: "Faça para os outros o que gostaria que os outros fizessem para você mesmo". (N. do T.)

pelos espelhos atentos que o deixavam passar por suas fileiras brilhantes, enquanto uma multidão afugentada de sósias se dispersava em várias direções, correndo na ponta dos pés e com o dedo levado aos lábios.

O céu se abria outra vez sobre nós com a sua imensidão semeada de poeira estelar. Nesse céu, a cada noite, logo depois do entardecer, surgia aquela bólide fatal, inclinada obliquamente, pendurada no topo de sua parábola, imóvel, apontada para a terra, engolindo em vão tantos e tantos milhares de milhas por segundo. Todos os olhares se dirigiam a ela, enquanto ela, oviforme, um pouco mais clara no núcleo convexo, executava com precisão matemática sua tarefa diária. Como nos foi difícil acreditar que aquele pequeno bichinho, brilhando inocente no meio de incontáveis enxames de estrelas, era o dedo de fogo de Baltasar, que escrevia no quadro negro do céu a sina do nosso globo! Mas cada criança sabia de cor aquela fórmula fatal com os cachimbos da integral múltipla, segundo a qual, uma vez introduzidos os limites, o resultado seria a nossa irrevogável extinção.

Enquanto o povo se dissipava na grande noite, perdendo-se em luzes e fenômenos estelares, meu pai permaneceu calado em casa. Ele era o único que conhecia a saída secreta dessa armadilha, os bastidores da cosmologia, e sorria em segredo. Enquanto o tio Edward soava o alarme, desesperado, amordaçado com trapos, meu pai enfiou silenciosamente a cabeça na saída de ar da estufa. Ali dentro estava tão ermo e escuro que não dava para ver nada. Soprava o ar ameno, a fuligem e a calmaria do embarcadouro. Meu pai sentou-se, resfolegando, fechando levemente os olhos em deleite. Nesse negro escafandro da casa, surgido sobre o telhado na noite estelar, entrava um minúsculo raio da estrela que, refratado como que pelas lentes de uma luneta, fazia brotar luz num foco, germinava-a numa retorta escura da chaminé. Meu pai girava cuidadosamente o parafuso do micrômetro, e eis que, aos poucos, no campo de vista da luneta começa a emergir aquela criatura fatal, alva como a lua, trazida pela lente à distância da mão, uma criatura plástica e luminosa, parecendo uma escultura de calcário no negrume do vazio interplanetário. Era um pouco escrofulosa, lavrada pela varíola — uma irmã germana da lua, uma sósia perdida que retornava, após uma viagem milenar, ao seu porto de partida. Meu pai passou-a perto do seu olho arregalado, parecia um cilindro de queijo suíço generosamente furado, amarelo pálido, fortemente iluminado, coberto de uma crosta branca como lepra. Com a mão no parafuso do micrômetro, o olho bem iluminado pela luz do binóculo, meu pai passava seu olhar frio pelo globo de cal, observando em sua superfície um desenho confuso feito pela doença que o carcomia por dentro, pequenos canais sinuosos gravados pelo cupim-tipógrafo na superfície corroída e queijosa. Meu pai estremeceu, percebeu o seu erro: não, não era queijo suíço, era visivelmente um cérebro humano, um preparado anatômico do cérebro em toda a sua sofisticada estrutura. Meu pai enxergava bem os limites dos dois hemisférios, os rolos da massa cinzenta. Forçando a vista, ele conseguia ler até as letrinhas minúsculas das inscrições dispostas em vários sentidos do complexo mapa dos hemisférios. O cérebro parecia cloroformizado, profundamente adormecido, e sorria em seu sono brando. Ao chegar ao cerne desse sorriso, meu pai percebeu a essência do fenômeno e sorriu consigo mesmo. O que não será capaz de descobrir essa nossa chaminé de confiança, negra como o carvão! Através dos rolos da massa cinzenta, através da granulação miúda dos edemas, meu pai chegou a ver os contornos do embrião transparecendo nitidamente em sua típica posição de cabeça para baixo, com seus punhozinhos junto ao rosto, sonhando às avessas em seu sono brando na água clara do líquido amniótico. Foi nessa posição que meu pai o deixou. Levantou-se aliviado e fechou a tampa da saída de ar.

Até aqui e nem um passo adiante. Mas então o que aconteceu com o fim do mundo, com aquele final estupendo, depois dessa introdução tão bem desenvolvida? Um baixar de olhos e um sorriso. Será que foi um erro de cálculo, um pequeno erro de adição, uma diabrura tipográfica na transcrição dos algarismos? Nada disso. O cálculo era preciso, e nenhum erro se infiltrou nas colunas dos algarismos. O que aconteceu, então? Peço que ouçam. A bólide corria corajosamente, galopava feito um corcel ambicioso para chegar à meta antes da hora. A moda da estação corria junto com ela. Durante um bom tempo a bólide correu à frente da época, imprimindo-lhe o seu nome e a sua forma. Depois, os bravos corredores ficaram lado a lado e correram juntos, e os nossos corações batiam em solidariedade a eles. Mas logo em seguida a moda ficou à frente, ultrapassando por um nariz a bólide incansável. Foi esse milímetro que decidiu o destino do cometa. Ficou prejulgado e distanciado de uma vez por todas. Nossos corações já corriam ao lado da moda, que deixava a excelente bólide cada vez mais para atrás. Observamos indiferentes como ela empalideceu, encolheu, até que, enfim, ficou resignada no horizonte, inclinada para um lado, distante e azul, para sempre inofensiva, fazendo, já em vão, a última curva da pista sinuosa. Foi eliminada da competição, sua força de atualidade se esgotou, ninguém mais se preocupava com a ultrapassada. Abandonada, murchou quietamente em meio à indiferença geral.

Voltamos cabisbaixos para as nossas tarefas diárias, mais ricos com esse desencantamento. Desmontavam-se as perspectivas cósmicas, a vida voltava ao normal. Nessa época, dormimos sem parar, dia e noite, recuperando o sono perdido. Ficávamos deitados em nossas casas já escuras, tomados pelo sono, levados no ritmo da nossa própria respiração pela pista sem saída dos sonhos sem estrelas. Seguimos assim, flutuando — barrigas estridentes, gaitas de foles e cornamusas, a abrir caminho com um ronco cantante pelas veredas das noites já cerradas e sem estrelas. Tio Edward se calou para sempre. Ainda ressoava no ar o eco do seu desespero alarmante, mas ele já não estava vivo, a vida o tinha deixado com um paroxismo ruidoso, o circuito tinha se aberto, e ele próprio subia, sem encontrar obstáculos, para graus de imortalidade cada vez mais altos. Só meu pai velava na casa escura, perambulando em silêncio pelos quartos cheios de um sono cantante. Às vezes, abria a saída de ar da chaminé e olhava com um sorriso para o abismo escuro, onde o *Homunculus* sorridente dormia para sempre seu sono luminoso, fechado numa ampola de vidro, banhado na plenitude da luz, como em neônio, já prejulgado, descartado, incluído nas atas — uma entrada de arquivo no grande registro do céu.

A PÁTRIA[20]

Depois de muitas peripécias e vicissitudes da sorte, que não pretendo contar aqui, encontrei-me afinal no exterior, num país fervorosamente desejado nos meus sonhos de juventude. A consumação dos sonhos veio tarde demais e em circunstâncias bem diferentes das que eu imaginava. Entrava ali não como um vencedor, mas como um náufrago da vida. O país que imaginara como cenário dos meus triunfos tornava-se agora um terreno de pequenas derrotas, miseráveis e infames, no qual fui perdendo, uma após a outra, as minhas altas e orgulhosas aspirações. Já lutava apenas pela própria sobrevivência, todo alquebrado, salvando como podia esta miserável embarcação do naufrágio, quando, levado para lá e para cá pelas vicissitudes da sorte, encontrei, enfim, essa cidade provinciana média, em que nos meus sonhos de juventude ia ser construída aquela mansão, aquele *refugium* do ruído do mundo para um velho e famoso mestre. Sem sequer enxergar uma ironia do destino na coincidência dos fatos, pretendia agora ficar aqui por um tempo, acocorar-me em algum lugar, talvez passar o inverno, até o próximo sopro de acontecimentos. Não me importava aonde me levaria o destino. O encanto do país se apagara de vez para mim; abatido e pobre, só desejava a paz.

Mas as coisas tomaram outro rumo. Pelo visto, devo ter

---

[20] Publicado na revista *Sygnały*, n° 59, Lvov, 1938, com a seguinte nota do autor: "Fragmento de uma peça maior". (N. do T.)

chegado a um ponto crucial do meu caminho, a uma curva singular do destino, pois minha existência começou inesperadamente a se estabilizar. Tive a sensação de que entrara numa corrente favorável. Aonde quer que eu me dirigisse, encontrava sempre uma situação que parecia preparada para mim, as pessoas deixavam imediatamente seus afazeres como se estivessem esperando por mim, e eu percebia em seus olhos aquele instintivo brilho da atenção, aquela decisão imediata, a disposição de me servir, como que por ordem de uma instância superior. Era naturalmente uma ilusão minha, provocada pela eficaz junção das circunstâncias, pelo hábil entrelaçamento das partes do meu destino sob os dedos capazes do acaso, que me conduzia como que num transe lunático de um a outro evento. Quase não tinha tempo para me surpreender, pois com esse momento propício na minha vida veio também um fatalismo conformado, uma passividade e uma confiança deleitosas, de modo que abandonei-me sem resistência à força da gravitação dos acontecimentos. Senti que aquilo era apenas uma recompensa pela minha necessidade não satisfeita por tão longo tempo, uma profunda saciedade da eterna fome de um artista rejeitado e desprezado, senti que só agora, finalmente, começavam a reconhecer as minhas capacidades. De músico de café, sempre em busca de qualquer trabalho, fui rapidamente promovido a primeiro violino da ópera da cidade; abriram-se para mim os círculos exclusivos dos amantes da arte, entrei, com direito muito antes adquirido, para a alta sociedade — eu, que até então passara metade da minha vida no mundo subterrâneo dos passageiros clandestinos, nos porões da nave social. As aspirações, que tinham uma existência clandestina e atormentada no fundo da minha alma, como pretensões reprimidas, rebeldes, foram rapidamente legitimadas e entraram por si mesmas em vigor. O estigma de usurpação e de pretensão inútil desapareceu da minha testa.

Estou relatando tudo isso de modo abreviado, como se falasse do aspecto geral do meu destino, sem entrar nos pormenores dessa estranha carreira, uma vez que todos esses fatos pertencem na verdade à pré-história dos acontecimentos aqui narrados. Não, a minha felicidade não tinha nada de excesso ou de perversidade, como se poderia supor. Apenas fui tomado pela sensação de paz e segurança, sinal pelo qual percebi — experiente fisionomista do destino, sensibilizado pela vida a qualquer trepidação do seu rosto —, com um profundo alívio, que desta vez ele não escondia de mim nenhuma intenção maliciosa. A qualidade da minha felicidade era de tipo durável e firme.

Todo o meu passado errante, sem lar, a miséria subterrânea da minha existência passada, tudo isso desprendera-se de mim e agora esvoaçava, como uma manta de país que se inclina obliquamente aos raios do poente, para mais uma vez emergir sobre os horizontes tardios, enquanto o meu trem, fazendo uma última curva, levava-me para a noite íngreme, um trem de peito cheio do futuro que lhe batia no rosto, um futuro vigoroso, inebriante, um pouco temperado com fumaça. Aqui é o momento de mencionar o fato mais importante, aquilo que encerrou e coroou essa época de prosperidade e felicidade, ou seja, é o momento de falar sobre Eliza, que encontrei naquele tempo em meu caminho, e a quem, depois de um curto e delicioso noivado, desposei.

A conta da minha felicidade é fechada e completa. Meu cargo na ópera é inabalável. O maestro da orquestra filarmônica, sr. Pellegrini, tem-me estima e pede os meus conselhos em todas as questões decisivas. Ele é um velhinho à beira da aposentadoria, e já está decidido, na surdina, entre ele, a curadoria da ópera e a sociedade de música da cidade, que depois de seu afastamento a batuta do maestro passará sem grandes cerimônias às minhas mãos. E eu já a segurei muitas vezes, fosse na ópera, em substituição ao mestre doente, fosse quando esse bom velhinho não se sentia à vontade para enfrentar uma partitura da moda, nova e alheia a seu espírito.

A ópera é das mais bem equipadas do país. Com meu salário é possível viver bem, num ambiente de prosperidade, não desprovido de certo brilho supérfluo. Os cômodos que habito foram decorados por Eliza conforme seu gosto; quanto a mim, não sou muito exigente e não costumo tomar iniciativa nesse campo. Em compensação, Eliza se mantém firme em suas aspirações, que mudam constantemente, e as realiza com a energia digna das melhores causas. Está sempre em negociação com fornecedores, luta com coragem pela qualidade e pelo preço da mercadoria, e também nesse campo obtém sucessos que a enchem de orgulho. Observo seu empenho com uma ternura condescendente, mas ao mesmo tempo com certa preocupação, pois parece uma criança brincando à beira do abismo. Que ingenuidade pensar que ao lutar pelos milhares de ninharias da nossa vida estamos construindo o nosso destino!

Eu, que tive a sorte de ancorar nesta baía pacífica, agora só queria fazer adormecer a vigilância do destino, não dar na vista dele, grudar-me sem ser notado à minha felicidade e me tornar invisível.

A cidade em que o destino me permitiu encontrar um porto tão calmo e delicioso é famosa por sua antiga e venerável catedral, situada numa alta plataforma um pouco afastada, à margem das casas. Ali a cidade termina abruptamente, desce íngreme em bastiões e escarpas, bosques de amoreiras e nogueiras, abre-se com vista para um país distante. É uma colina em extinção, a última de um planalto cretáceo, que fica de guarda sobre uma vasta e clara planície, aberta em toda a sua extensão para a brisa suave do oeste. Exposta a esse fluxo ameno, a cidade se fechou em clima silencioso e doce, como que num minicircuito meteorológico próprio, dentro do outro maior, comum. Durante o ano inteiro, por aqui passam correntes de ar mal perceptíveis que no início do outono assumem aos poucos um ritmo contínuo, melífluo, uma espécie de cândida corrente do Golfo atmosférica, um vento geral e monótono, doce a ponto de apagar a memória e levar a um deleitoso desaparecimento.

A catedral, cinzelada ao longo dos séculos na penumbra dispendiosa dos seus vitrais, multiplicados ao infinito, joias enxertadas em joias ao longo de gerações, agora atrai multidões de turistas do mundo inteiro. Em todas as épocas do ano é possível encontrá-los percorrendo as ruas com o *Baedeker*[21] nas mãos. São eles que ocupam nossos hotéis, vasculham lojas e sebos em busca de curiosidades e enchem nossos estabelecimentos de diversão. Trazem de longe o cheiro do mar, às vezes a ousadia dos grandes projetos, negócios de grande envergadura. Encantados com o clima, com a catedral, com o ritmo da vida, acontece de resolverem estabelecer-se por mais tempo, de aclimatarem-se e acabarem ficando para sempre. Outros vão embora levando esposas daqui — as encantadoras filhas dos nossos comerciantes, industriais e restauradores. Graças a esses laços, o capital estrangeiro é investido nas nossas empresas e reforça a nossa indústria.

A vida econômica da cidade transcorre há anos sem abalos ou crises. A doce artéria da forte indústria açucareira alimenta três quartos dos moradores. Além disso, a cidade tem uma famosa fábrica de porcelana, de bela e antiga tradição. Produz para exportação, e além disso, todo inglês que retorna a seu país considera uma questão de honra encomendar um daqueles serviços de porcelana de tantas e tantas peças cor de marfim, com as paisagens da catedral e da cidade, feitas pelas alunas da nossa escola de artes.

Aliás, esta é uma cidade próspera e bem organizada, como tantas outras deste país — bastante previdente e dedica-

---

[21] Guia turístico editado por Karl Baedeker (1801-1859). (N. do T.)

da aos negócios, amante do conforto e do bem-estar burguês, bastante ambiciosa e esnobe. As damas desenvolvem certo excesso quase metropolitano em suas toaletes, os senhores imitam o modo de vida da capital, esforçando-se para manter, com a ajuda de alguns cabarés e clubes, uma espécie de modesta vida noturna. O jogo de cartas se expande. Até as mulheres o cultivam, e quase todas as tardes nós também terminamos o dia na casa elegante de algum dos nossos amigos, num jogo de cartas que se estende até altas horas da noite. Aqui também a iniciativa cabe a Eliza, que justifica essa paixão sobretudo com uma preocupação pelo nosso *prestige* social, o que exige visitas constantes à alta sociedade para que não saiamos de circulação, mas no fundo ela se deixa levar pelos encantos desse insensato e levemente excitante modo de desperdiçar o tempo.

Às vezes fico observando sua excitação quando, com o rosto corado e os olhos brilhantes, ela participa de corpo e alma das peripécias do jogo de azar. A lâmpada debaixo do abajur derrama uma luz amena sobre a mesa, em torno da qual um grupo de pessoas profundamente absortas, com um leque de cartas nas mãos, abandona-se à perseguição imaginária do ilusório rastro da fortuna. E eu quase posso vê-la, evocada pela tensão da sessão, aparecendo quase a olhos vistos nas costas de um ou outro jogador. Há um silêncio, marcado pelas palavras a meia-voz que indicam as trilhas variáveis e sinuosas da fortuna. Quanto a mim, aguardo o momento em que um transe silencioso e ardente tome conta de todas as mentes, e que, perdendo a memória, eles fiquem imobilizados, curvados em catalepsia, como que sobre uma mesa girante, para retirar-me despercebido desse círculo encantado e recolher-me à solidão dos meus pensamentos. Às vezes, retirando-me do jogo sem chamar a atenção de ninguém, posso deixar a mesa e passar em silêncio a outro cômodo, bem escuro, para o qual apenas um lampião de rua envia de longe a sua luz. Com a cabeça encostada na vidraça da janela, fico um bom tempo meditando...

Sobre a moita do parque outonal, a noite clareia vagamente ao romper da avermelhada aurora. No bosque cerrado, as gralhas espantadas, enganadas pelos sintomas desse falso amanhecer, acordam com um grasnar estonteante, sua multidão barulhenta levanta voo, e essa plebe rodopiante enche com algazarra e ondulação a escuridão arruivada, carregada de um cheiro amargo de chá preto e das folhas que caem. Aos poucos, essa bagunça de giros e voos adejantes do céu inteiro se acalma e assenta, aos poucos vai baixando e povoa a mata rarefeita com sua malta provisória e agitada, repleta de inquietação, conversas emudecentes, interrogações gementes, e aos poucos vai se acalmando, acomodando-se para sempre e unindo-se lentamente ao silêncio desse farfalhante abatimento. E de novo se instala a noite profunda e morosa. As horas passam. Com a testa ardente encostada na vidraça, sinto e sei: agora nada de ruim pode me acontecer, encontrei o porto e a paz. Agora virão os anos fartos e prenhes de felicidade, uma sequência infinita de bons e deleitosos tempos. Nos últimos suspiros, rasos e doces, meu peito transborda de felicidade. Paro de respirar. Sei: assim como a vida me recebeu, um dia a morte me receberá em seus braços, farta e nutritiva. Ficarei descansando, saciado até o fundo, em meio à vegetação, no belo e bem cuidado cemitério local. Minha esposa — como ficará bela com o véu de viúva! — vai me trazer flores numa das cândidas e calmas manhãs daqui. Das entranhas dessa plenitude sem limites emerge uma espécie de música profunda, os compassos fúnebres, solenes e surdos de uma *ouverture* majestática. Sinto um ritmo poderoso, batimentos crescentes subindo das profundezas. Com as sobrancelhas franzidas, fitando um ponto distante, sinto meus cabelos se eriçando devagar. Fico rígido e ouço...

O aumento do tom da conversa me acorda da letargia. Estão perguntando sobre mim em meio a risos. Ouço a voz da minha esposa. Volto do meu refúgio para uma sala iluminada, fechando os olhos repletos de escuridão. As pessoas já se retiram. Os donos da casa ficam à porta conversando com os que saem, trocando gentilezas de despedida. Finalmente estamos sós na rua noturna. Minha esposa ajusta seu passo livre e flexível aos meus. Nossos passos coincidem e, subindo a rua de cabeça baixa, seus pés vão empurrando o carpete sussurrante de folhas murchas que cobrem o caminho. Está animada pelo jogo, pela sorte que teve, pelo vinho que bebeu, e cheia de pequenos projetos de mulher. Com base em um acordo tácito, ela exige da minha parte uma tolerância absoluta com suas irresponsáveis quimeras, e leva a mal todos os meus comentários lúcidos e críticos. O rasto verde da manhã já aparece no horizonte escuro quando chegamos em casa. Sentimos o cheiro bom do interior quente e bem cuidado. Não acendemos a luz. O distante lampião de rua esboça um desenho prateado de cortinas na parede oposta. Sento na cama sem tirar a roupa, pego a mão de Eliza na minha e a seguro por um momento.

SCHULZ

Angelo Maria Ripellino[1]

Hoje em dia é comum que se junte numa só tríade os nomes de Schulz, Witkiewicz e Gombrowicz,[2] três mosqueteiros da literatura polonesa moderna, três cavaleiros daquele "material explosivo a que chamamos Forma", três esquisitões largados à margem, ou, como disse o próprio Gombrowicz, três *wariaci* — três doidos: ele mesmo o "doido rebelde", Witkiewicz, o "doido desesperado", e Schulz, o "doido submerso".[3] De resto, os três foram amigos e, apesar da relutância de Gombrowicz em admiti-lo, suas obras estão conectadas por um circuito de influências recíprocas e de motivos em comum.

---

[1] Este ensaio foi publicado pela primeira vez como prefácio ao volume italiano *Le botteghe color cannella* (Turim, Einaudi, 1970), e depois republicado com o título "Schulz" na coletânea *Saggi in forma di ballate* (*Ensaios em forma de balada*, Turim, Einaudi, 1978). Traduzido do italiano por Danilo Hora. (N. do T.)

[2] Ao passo que Bruno Schulz e Witold Gombrowicz já são conhecidos do leitor brasileiro, a obra de Stanisław Ignacy Witkiewicz (1885-1939) permanece inédita entre nós. Witkacy, como era conhecido, atuou e exerceu grande influência em mais de uma área do modernismo polonês, como a filosofia da arte, a pintura e a fotografia. Foi também autor de romances e peças de teatro, algumas das quais serão aludidas por Ripellino neste ensaio. (N. do T.)

[3] Witold Gombrowicz, "Fragment z dziennika" ["Fragmentos do diário"], em *Kultura*, nº 11, Paris, 1961.

Bruno Schulz nasce de pais judeus a 12 de julho de 1892 na cidade de Drohobycz, que hoje faz parte da Ucrânia. Em 1901, essa cidadezinha dormente da Galícia austro-húngara conheceu um despertar febril e efêmero quando descobriu-se que havia petróleo nas redondezas, o que atraiu legiões de aventureiros. Jakub Schulz, o pai do escritor, era dono de uma loja de panos e tecidos. Esse comércio à moda antiga, teatro de tantas fantasias schulzianas, começa a decair na época do esmorecimento e morte (em 23 de junho de 1915) do comerciante patriarca Jakub, nos anos de adolescência e juventude de Bruno.

Ao fim do ensino médio, Schulz frequenta o curso de arquitetura da Escola Politécnica de Lvov e, por alguns meses, a Academia de Belas-Artes de Viena. Depois, com exceção de breves viagens, a Varsóvia, a Cracóvia, a Zakopane e a Paris, permanece pelo resto da vida em sua Drohobycz natal, um modesto professor ginasial de desenho e trabalhos manuais. Morava com a mãe Henrietta, com a irmã Hania, doente dos nervos e viúva de um homem que abrira a garganta com uma navalha, com os dois filhos da irmã e com uma velha prima rabugenta. Viveu em más condições financeiras no silêncio de uma grande casa em que três mulheres arrastavam pantufas — um silêncio enfermiço, opressivo, cortado apenas por miados de gatos e pelos ataques de histeria da irmã.[4] O trabalho de professor lhe deixava pouquíssimo tempo livre: "As obrigações do serviço", escreve a Romana Halpernowa, em 15 de novembro de 1936, "enchem-me de horror, de repugnância, congelam a alegria de viver."[5] Por outro lado, a pe-

---

[4] Cf. Jerzy Ficowski, *Regiony wielkiej herezji* [*Regiões da grande heresia*], Cracóvia, 1967, pp. 83-4.

[5] Bruno Schulz, *Proza*, Cracóvia, 1964, p. 598.

Autorretrato de Bruno Schulz, 1919.

núria era tal que, em 1938, passou um longo tempo hesitando entre viajar a Paris ou comprar um sofá.[6]

No começo dedicou-se às artes figurativas, à gravura, em especial, retratando em *cliché-verre*, técnica que Witkiewicz chamou "drapografia",[7] cenas crispadas de um grotesco exasperado. "Os primórdios do meu desenhar", afirmou, em texto de 1935 endereçado a Witkiewicz, "estão perdidos em bruma mitológica. Quando ainda não sabia falar, já cobria todos os papéis e as margens dos jornais."[8] Depois o seu dom pictórico se turvou, tornou-se subalterno, transfundiu-se na criação verbal.

Schulz publicou o primeiro volume de contos, *Lojas de canela*, em 1934, aos quarenta e dois anos de idade. Em 1937 surgiu um segundo volume, *Sanatório sob o signo da clepsidra*. Um outro conto, "O cometa", que é como uma conclusão aos dois livros, aparece em 1938 na revista *Wiadomości Literackie*.[9] Junto com um punhado de cartas, fragmentos de prosa e alguns artigos de crítica, isso é tudo que sobrou de Schulz. Nas ruínas da Polônia desapareceram uma terceira coletânea de contos e um romance, *O messias*, no qual ele trabalhava em seus últimos anos, além de muitas cartas, quadros e desenhos.

Com o irromper da guerra, Drohobycz foi ocupada pelos alemães e depois pelos soviéticos. Para sobreviver, Schulz teve de se rebaixar a pintar decalques e retratos de políticos seguindo a fórmula do detestado realismo oleográfico. Quan-

---

[6] Ficowski, *op. cit.*, p. 100.

[7] Cf. *ibidem*, p. 247. Provavelmente de *drapać*: "raspar".

[8] Schulz, *op. cit.*, p. 679.

[9] Ripellino não menciona as "outras narrativas", embora já tivessem sido reunidas no volume *Proza* (1964), citado anteriormente por ele, mas que não foram incluídas na edição italiana de 1970, à qual o seu texto serviu de prefácio. (N. do T.)

do os alemães voltaram em 1941, segregando em um gueto os habitantes israelitas, Schulz não quis deixar a sua cidadezinha. Os amigos arranjaram dinheiro e uma falsa *Kennkarte* para que o enfermo, já um fantasma desvalido, pudesse fugir para Varsóvia, mas mesmo assim ele hesitava. Naquela sucessão de tribulações, *pogroms* e comboios rumo à morte, dava-lhe algum senso de segurança a proteção de um figurão da Gestapo, um certo Felix Landau, um carpinteiro de Viena que, querendo bancar o mecenas, comissionara para si um retrato, além de afrescos e *boiseries*, para o Reitschule e para a sua própria *villa*. Uma segurança ilusória. Em 19 de novembro de 1942, voltando para casa com sua ração de pão, foi surpreendido, durante uma "batida", por um outro SS, um tal Karl Günther, arqui-inimigo de Landau. Esse Günther, que pouco antes vira um dos seus protegidos assassinados por Landau, disparou duas vezes contra Schulz e depois foi gabar-se a seu protetor: "Você matou o meu judeu, eu matei o seu".[10] Naquele dia, uma centena de judeus foram mortos nas ruas de Drohobycz. À noite, um amigo removeu o corpo de Schulz da calçada para enterrá-lo no cemitério judeu. Mas a cova não existe: nada restou daquele cemitério.

Estatura baixa, olhos negros e flamejantes, cabelos escuros, os punhos da camisa sempre sobressaindo das mangas do casaco normalmente acinzentado.[11] Segundo Gombrowicz: "delicado, bizarro, quimérico, absorto, tenso, quase ardente".[12] Schulz era um *odludek* — um misantropo. Timidíssimo, ensombrecido, sempre imerso em sonhos, milhares

[10] Cf. Ficowski, *op. cit.*, pp. 205-20.
[11] Cf. Andrzej Chciuk, "Wspomnienie o Brunonie Schulzu" ["Recordação sobre Bruno Schulz"], em *Kultura*, n° 7-8, Paris, 1959.
[12] Gombrowicz, *op. cit.*

de fantasmas a brincar-lhe na cabeça, ele fugia da companhia de estranhos, do fragor do mundo. A criatividade e a vida interior dilatadas, em contraste com a fragilidade dilapidada de sua compleição e o insulamento naquela província remota. A pequena burguesia judaica de Drohobycz decerto não podia compreendê-lo, e tomava-o por um *dziwak* — um excêntrico.

Por outro lado, considerava a si mesmo uma criatura no exílio, alguém supérfluo, excluído. O seu sentimento de humilhação e de apartamento, herança secular da estirpe hebraica, se contrapõe à grandiosa empáfia, ao desprezo e à arrogância irritadiça de Witold Gombrowicz, rebento de uma nobre família polonesa. Assim Gombrowicz recorda-o: "Um gnomo minúsculo de cabeça enorme, quase espantado com a própria coragem de existir, ele era um enjeitado da vida, alguém que deslizava furtivamente nas suas margens. Bruno não admitia para si qualquer direito à existência e buscava o próprio aniquilamento. Não que sonhasse com o suicídio: simplesmente 'tendia' ao não ser com toda a força do seu ser (isso, de fato, tornava-o sensível ao ser no sentido mais heideggeriano). Na minha opinião, naquela tendência não havia um sentimento kafkiano de culpa, mas antes o instinto que força um animal ferido a se esconder, a sair do caminho".[13]

Essa ânsia de aniquilamento se faz sentir especialmente nas gravuras do ciclo *Livro da Idolatria*, onde, aos pés de mulheres cruéis, de pernas longuíssimas e frequentemente com açoites nas mãos, arrastam-se anões com calvas horríveis marcando os topos de suas cabeças lisas e macias (e em algum desses anões, invariavelmente, pode-se ver o rosto de Bruno). Witkiewicz, para quem Schulz enquanto desenhista e gravador "pertence ao rol dos demonologistas", assevera

---

[13] Gombrowicz, *op. cit.*

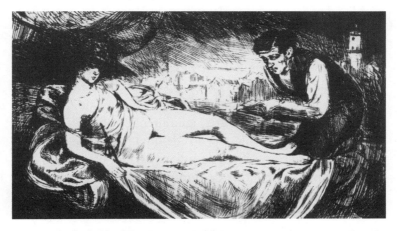

Duas gravuras do *Livro da Idolatria*,
de Bruno Schulz, 1920-22.

que suas gravuras são "poemas sobre a ferocidade dos pés".[14] De fato, com a excitação causada por seus pés admiravelmente lavados (e Witkiewicz acrescenta: sem calos), as mulheres frígidas das gravuras schulzianas pisoteiam, oprimem e inebriam aqueles abortos cujas cabeças parecem abóboras esmagadas, abóboras de embriões nodosos, como certos pierrôs barbeiros de Aubrey Beardsley, carecas suplicantes e corcundas que espumam de tanto desejo — uma ramificação extrema, talvez, mas ainda assim rígida e contraída, dos tristes pierrôs de Jules Laforgue, igualmente imberbes e hidrocefálicos. Em suma, valendo-nos de uma passagem de "Groteska", obra de prosa lírica de Julian Tuwim, o *Livro da Idolatria* trai os sentimentos de humilhação exacerbada e masoquismo de Schulz, representa "cortejos de corcundas, os amores fornidos de cretinos de crânios gigantescos, onanistas que se esganiçam de volúpia diante de estátuas nuas da Antiguidade...".[15]

Viver sempre pelas beiras, como um animal ferido, como uma rena que busca escapar do inverno nas extremidades da floresta, aumentava nele o suplício da solidão e o desejo de ter amigos e afetos. Em carta a Tadeusz Breza de 21 de junho de 1934, ele expressa precisamente essa necessidade de ter próxima de si uma criatura afim, um companheiro, alguém que lhe oferecesse "uma espécie de garantia do mundo interior", uma vez que "sustentá-lo apenas com a própria fé, erguê-lo a despeito de tudo e com a força do próprio despeito é uma luta e um suplício dignos de Atlas".[16]

---

[14] Stanisław Witkiewicz, "Wywiad z Brunonem Schulzem" ["Entrevista com Bruno Schulz", 1935], em Bruno Schulz, *Proza*, pp. 676-9.

[15] Julian Tuwim, "Groteska", em *Sokrates tańczący* [*Sócrates dançando*, 1920].

[16] Bruno Schulz, *Proza*, p. 567.

Talvez por conta desse anseio irrealizado de compreensão e parceria, e também pelo medo de se expor aos rochedos da crítica, sua obra literária nasce no espaço fechado da correspondência, quase como um prolongamento das cartas. Grande parte dos contos de *Lojas de canela* floresceram como fantásticos pós-escritos de cartas que, entre 1930 e 1932, enviara a Lvov para Debora Vogel, a "Dosia", uma poeta apaixonada pela pintura moderna que Schulz conhecera em Zakopane, em casa de Witkiewicz.[17]

Alguns, no entanto, defendem que os contos do livro seguinte, *Sanatório sob o signo da clepsidra*, são reverberações e continuações de missivas que Schulz enviara nos anos 1920 a um amigo poeta que, fatalmente enfermo, interrompera os estudos universitários em Cracóvia para tentar a cura na estação de águas de Zakopane. Os contos do segundo volume, publicado em 1937, são na verdade anteriores aos de *Lojas de canela*. Seriam de 1928, talvez de antes ainda. Data de 1925 a correspondência de Schulz com Władysław Riff, que morreu de tísica em 25 de dezembro de 1927, com vinte anos de idade. Mas as cartas se perderam após a morte de Riff, pois os funcionários do hospital incineraram todos os manuscritos e a correspondência do jovem poeta.[18]

Logo, a amizade, a possibilidade de confidenciar suas fantasias a um leitor de gênio compatível foi o que o estimulou a inventar suas histórias e apólogos. É por isso que ele diz, em sua carta a Breza, que com a amizade o mundo começa a "maturar com as cores da distância, a gretar e abrir-se em sua profundidade".[19] Tudo isso explica também sua

---

[17] Cf. Ficowski, *op. cit.*, pp. 109-11. Cf. também a carta a Romana Halpernowa de 15 de novembro de 1936 em Bruno Schulz, *Proza*, pp. 598-9.

[18] *Ibidem*, pp. 104-5.

[19] Schulz, *Proza*, p. 567.

relutância em publicá-las. Não fosse o estímulo e a ajuda da escritora Zofia Nałkowska, que, encantada com a sua prosa, conseguiu por fim convencê-lo, seu *Lojas de canela* talvez nunca tivesse vindo à luz.

No panorama da literatura polonesa, Bruno Schulz surge como um estrangeiro, um herético. "Existíamos no vazio", escreveu Gombrowicz, "nossas posições literárias alinhavam-se com o vazio, e nossos admiradores tinham um quê de espectral, do tipo *'apparent rari nantes in gurgite vasto'*,[20] ambos errávamos pela literatura polonesa como um floreio, um adorno, uma quimera, um braço de violino."[21] Parecia a todos que Schulz e Gombrowicz, malucos de cérebros mal vedados, eram feitos de uma mesma massa, primos de experimentos e truques verbais.

Schulz tinha, na verdade, uma admiração profunda por Witold, como atesta o artigo que escreveu sobre *Ferdydurke*, em 1938, e mais ainda a seguinte passagem de uma carta a Romana Halpernowa, de 13 de outubro de 1937: "Passei estes últimos dias sob efeito da impressão fulminante, espantosa, que suscitou em mim o livro de Gombrowicz. Qualquer tentativa de classificá-lo seria uma decepção. É uma grande descoberta, um livro sobremodo revelador. Enquanto ato espiritual, ponho-o ao lado de fenômenos como Freud ou Proust".[22]

Mas Gombrowicz, em seu diário, não abdica de sua pose demoníaca, de sua presunção, de sua ambiguidade, nem mesmo no que diz respeito a Schulz: "A minha natureza", afirma ele, "nunca permitiu que eu me aproximasse dele senão com desconfiança, não tenho fé nele, nem em sua arte.

---

[20] Citação de Virgílio (*Eneida*, I, 118). Em tradução livre, "raros nadadores naquele golfo vasto". (N. do T.)

[21] Gombrowicz, *op. cit.*

[22] Schulz, *Proza*, pp. 616-7.

Teria eu por vezes lido suas histórias com honestidade, do início ao fim? Não: fico enfadado".[23] Como se para ele, até o calor humano, a amizade e a concordância fossem também aspectos daquela execrável "imaturidade" (*niedojrzałość*) da qual, todavia, de acordo com Schulz, Gombrowicz era o próprio "*manager*" na literatura.[24]

Os contos de Schulz constituem um ciclo único de recordações de infância, um álbum ofuscante de pequenos quadros coloridos, figuras com sabor de pinturas dominicais, permeadas de parlapatório, de ironia, de jogos *clownescos*. O professor de desenho torna maravilhosos os hábitos e a monotonia de Drohobycz nos anos finais do império Habsburgo. Em sua cidadezinha perdida, vê-se mais magos e extravagâncias do que puderam ver em seu tempo os paladinos encantados na floresta de Ardenas.

O mundo longínquo da meninice parece a Józef (ou seja, a Bruno Schulz) incongruente e baralhado como num sonho, com a cintilação variegada de uma lamparina, de uma *fête foraine*. Seus livros são uma proliferação de prodígios, de metamorfoses, de feitiçarias hoffmanianas. Um arsenal de manequins, bombeiros com elmos de latão, homúnculos, pássaros de formatos inusitados, tiras de tecido multicolores.

Schulz escreve a Andrzej Pleśniewicz em 4 de março de 1936: "... o tipo de arte que tenho perto do coração é precisamente a regressão, a infância reintegrada. Se fosse possível fazer voltar para trás o desenvolvimento, atingir, por uma via circular qualquer, a infância reintegrada, possuir outra vez sua plenitude e imensidão — isto seria a consumação da 'era genial', dos 'tempos messiânicos', que foram prometidos e

---

[23] Gombrowicz, *op. cit.*
[24] Schulz, "Ferdydurke", em *Proza*, p. 482.

afiançados por todas as mitologias. Meu ideal é maturar até a infância. Só esta seria uma maturidade autêntica".[25]

Em termos gombrowiczianos, tal retorno significa "imaturidade" (*niedojrzałość*). Só que a infantilidade, a condição pueril, à qual o magricela, quatro-olhos, careca e pernóstico professor Pimko, com seu "apêndice nasal de dois tubos", deseja restituir o seu próximo no romance *Ferdydurke*, desperta em Gombrowicz o ensejo de dar partida em sua máquina de sarcasmo e indignação contra a "molecagem" dos homens, contra sua perene parvoíce pubescente — enquanto para Schulz, a criancice, a "imaturidade", parece ser arquivo de toda descoberta, registro de presságios, fonte inexaurível de poesia. Mas, ao fim das contas, quão tênues os limites entre as duas concepções. E quantas personagens de Schulz poderiam viver nas páginas de *Ferdydurke*, e vice-versa.

Emblema do mundo schulziano são certas lojas aromáticas de mercadorias raras que abrem apenas à noite em Drohobycz: "Costumo chamá-las lojas de canela, pela cor dos lambris escuros com que são revestidas". "Cabanas e barracas de feira, feitas de caixas de açúcar, enfeitadas com berrantes anúncios de chocolate e cheias de sabonetes, trastes divertidos, ninharias douradas, folhas de estanho, cornetas, *wafers* e balas coloridas de hortelã."

É contíguo àquelas lojas o comércio de tecidos do pai, "o escuro acampamento de pano e veludo". Nenhum escritor jamais reproduziu com tanta sutileza a arcanidade de um empório de fazendas, a "escuridão de feltro" fervilhante de "traças cegas", o calor felpudo, o odor e o equilibrismo das peças apinhadas nas prateleiras. O comércio de Jakub representa a solidez patriarcal. Schulz, de fato, tomava o partido dos velhos mercadores que concebiam o comércio como ar-

---

[25] *Ibidem*, p. 580.

Capa do livro *Lojas de canela*, de 1934, desenhada por Bruno Schulz.

te e cerimonial, e a agonia daquele anfiteatro têxtil, daquele microcosmo de sortilégios, aflige-o.

Às lojas de canela e ao comércio de panos Schulz contrapõe a rua dos Crocodilos, isto é, o quarteirão que emerge do influxo caótico de aventureiros atraídos pelos poços de petróleo; contrapõe a sabedoria excêntrica dos velhos vendedores à ganância pretensiosa dos homens de negócios. Mas por mais que ele se empenhe em depreciar aquele bairro promíscuo, antro de excessos e de "mediocridade moral", onde "as papoulas da excitação, pardas e alucinadas, dissipam-se em cinzas", a rua dos Crocodilos, com seus coches sem cocheiros, com seus bondes de *papier mâché* empurrados por carregadores municipais, com seus pequenos trens que despontam de supetão nas ruas, assume também um aspecto maravilhoso, torna-se um lugar encantado, como o resto de Drohobycz, cenário imutável da escritura schulziana.

A infância se identifica com o Livro, e esse livro não é a Bíblia de Jakub, mas uma brochurinha desfolhada pela doméstica Adela, da qual restaram umas pouquíssimas páginas coloridas que suscitam imensas *rêveries*: é o livro da fantasia, o livro que cresce a cada vez que se retorna a ele, o "original sagrado". Esse Livro coincide com aquele álbum de selos que é o livro do universo, "compêndio de todo o conhecimento sobre o ser humano", um livro parecido a uma parada circense com bandeiras e estandartes, mago evocador de aromas, de lonjuras, de terras fascinantes. A filatelia como incentivo ao devaneio é o motivo principal desses contos.[26]

Schulz transfigura Drohobycz, introduzindo encantamentos em sua existência laboral, assim como Chagall transmuda Vitebsk numa alegre paisagem de fábula com cabanas empenadas, violinistas nos telhados e uma multidão de "via-

---

[26] Os dois contos aludidos são: "O livro" e "A primavera", ambos do segundo livro de Schulz, *Sanatório sob o signo da clepsidra*. (N. do T.)

jantes do céu".[27] No jardim de um restaurante, à noitinha, violinos tocam sozinhos. As ruas na penumbra "se multiplicam, confundem-se e trocam-se umas pelas outras". No coração da cidade há "ruas duplas, ruas sósias, ruas mentirosas e enganadoras". De lá os ciclistas lançam-se em seus "aparelhos aracnídeos" para a pista do firmamento.

Ao que parece, em seu romance perdido espalha-se a notícia de que o Messias chegara e encontrava-se a apenas trinta quilômetros da exultante Drohobycz.[28] Mas os eventos habituais se transformam em *"époques solennelles"*.[29] Drohobycz, "ninho gritante de colibris"[30] — para usarmos uma expressão de Tuwim, cuja poesia Schulz admirava —, torna-se uma espécie de Barwistan, de Colorilândia.[31]

O eixo e a manivela destes contos é o pai, Jakub, o comerciante que conhece os segredos do rito da venda de tecidos. O lento definhar e o ressequir da personagem refletem a condição real do pai do escritor no período de sua longa doença e ao mesmo tempo indicam a gradual deterioração, a bancarrota dos patriarcas mercadores, do comércio à moda antiga, solapado pelos "crocodilos". Mas em Schulz tudo

---

[27] A expressão é de Gaston Bachelard, "Introduction à la Bible de Chagall" ["Introdução à Bíblia de Chagall"], em *Le Droit de rêver* [*O direito de sonhar*], Paris, 1970, p. 30. Cf. A. M. Ripellino, "Chagall e la gioia saltimbanca della vita" ["Chagall e a alegria de saltimbanco da vida"], em *Il dramma* [*O drama*], 1970, n. 3.

[28] Cf. Ficowski, *op. cit.*, p. 240.

[29] A expressão ["épocas solenes"] é de Baudelaire, em "Le Vieux saltimbanque", um de seus *Petits poèmes en prose*.

[30] Bruno Schulz, carta a Julian Tuwim de 26 de janeiro de 1934, em *Proza*, p. 565.

[31] Julian Tuwim, "W Barwistanie", em *Wierszy tom czwarty* [*Quarto livro de poemas*], 1923.

serve de pretexto para a fabulação. Jakub definha, cada vez menor e mais magro, fala como uma criança, recolhe-se a esconsos remotos e, como os velhos já caducos, escarafuncha mecanicamente os armários, recupera cacarecos. Ele nos oferece o espetáculo da metamorfose, assumindo o semblante de condor e de inseto grotesco.

O pai de Józef, dadaísta, histrião, estapafúrdio, disparatado e avoado, recorda certas figuras do *Tristram Shandy* de Laurence Sterne, mas, sobretudo, as máscaras do teatro de Witkiewicz. É um *dziwak* (ou seja, um excêntrico), um *Sonderling*, um *guitto*, mestre ilusionista capaz de deixar para trás um Bosco ou um Houdini.[32] Mesmo enfermo, ele salta como uma rabilonga, escala e rodopia como um diabrete, possui uma agilidade mercurial, a destreza de um *escamoteur* metafísico, e revela-se tresloucado, feito de prata-viva,[33] inclusive depois de morto, na cidade do Sanatório. E no *grand finale*, enquanto a humanidade aguarda a chegada de uma bólide que deve destruir o mundo, ele se enfia na chaminé da lareira para contemplar os mistérios do céu.

Quantos vapores lhe passam pelo cérebro, com que destreza manipula seus truques. Põe suas enormes galinhas belgas para chocar ovos de pássaros de todos os recantos do mundo, que vêm a se tornar aves das mais bizarras. Com a indústria de suas mãos multiplica pombos, que depois volta a absorver gradualmente com sua varinha. Esses exercícios de ilusionismo são equivalentes a brincadeiras de criança. De fato, Jakub é esboçado com todo o candor dos desenhos pueris, é a seu modo um paladino da "imaturidade" (*niedojrzałość*). Entre outras coisas, pode lhe acontecer de cair

---

[32] Bartolomeo Bosco (1793-1863) e Harry Houdini (1874-1926), famosos ilusionistas. (N. do T.)

[33] Antigo nome do elemento mercúrio. (N. do T.)

no furor de tornar-se bombeiro — usando um "pesado capacete pretoriano" e um "equipamento ressoante de chapas polidas de ouro", que lhe conferem a placidez de um "arquiestratega das tropas celestes" — e então saltar da janela no meio da noite para uma grande lona esticada.

Mais que isso, esse prestidigitador, com suas extravagâncias, é um defensor extremo da causa perdida da poesia, o que faz dele um *alter ego* do escritor. "Ele era um moinho maravilhoso, em cujos funis caíam os farelos das horas vazias para florescer nas engrenagens com todas as cores e perfumes das especiarias do Oriente." Ao tocar as coisas, ele as devolvia às raízes de sua existência, desviando-as para as ambíguas "regiões da grande heresia". Esse "heresiarca inspirado", esse Celionati[34] que morre e renasce como que por gaiatice, parece levar a cabo o ideal de poeta ao qual Tuwim almejou em seu poema "Hokus-Pokus": "excêntrico, taramela — bailarino, alquimista e virtuose".[35]

Os heróis de Witkiewicz divagam suas algaravias filosóficas, políticas, narcóticas e psicanalíticas. Jakub também cospe sentenças, pronuncia longos discursos, expõe doutrinas cerebrais. Faz estudos de meteorologia comparada, atribui o "segundo outono" de Drohobycz à poluição causada pelos miasmas que emanam das obras barrocas empilhadas no museu das cercanias. Recita seu "Tratado dos manequins" para as costureiras Polda e Paulina. Os bombeiros lhe inspiram um estrondoso palanfrório, no qual manifesta sua simpatia por aqueles "filhos do fogo", "estirpe infeliz de salamandras", desprezada, ainda que esparja cores "em forma de fogos de artifício, foguetes e fogos de bengala".

---

[34] Personagem do romance *Princesa Brambilla* (1820), de E. T. A. Hoffmann. (N. do T.)

[35] Julian Tuwim, "Hokus-Pokus", em *Słowa we krwi* [*Palavras escritas em sangue*, 1926].

Embora esquelético e nanico, ele invade o espaço verbal da mesma forma que uma enorme libélula abarrota o quadro *Dziwny ogród* (*O estranho jardim*, 1903), do pintor *art nouveau* Józef Mehoffer. O patriarca bufão quer ser demiurgo, quer imitar a criação divina, plasmando *golens*, homúnculos, legiões de manequins. A sua fé na docilidade da matéria, "o mais passivo e o mais indefeso ser do universo", harmoniza-se com a fé na poesia. É curioso que Jakub exponha o tratado dos manequins e o sonho demiúrgico às costureiras Polda e Paulina. No entanto, em seu corpo minguado, pronto a se dissolver, não se extinguiu a brasa da luxúria: o velhote deseja a doméstica Adela, tem uma queda pelas duas costureiras e se diverte puxando até abaixo da panturrilha a meia de uma delas.

No entanto, a despeito de sua gaiatice, esse personagem, que se eclipsa continuamente e torna a surgir do limbo da morte e das metamorfoses, esse paladino do *nonsense*, sempre na contramão da praticidade dos homens, esse sonhador, que atravessa sem cessar as fronteiras do real — em resumo, esse cômico *revenant* tem qualquer coisa de demoníaco. Ele está em contato contínuo "com o mundo invisível dos recantos sombrios, das tocas de rato, dos espaços carunchosos e vazios debaixo do assoalho e nos dutos da chaminé".

Mas Jakub não é o único desmiolado de Drohobycz. Schulz enfileira toda uma série de galhofeiros, de tresloucados, de *pitres* coadjuvantes: o tio Hieronim, com a conduta rígida de um controlador alfandegário, sempre em sua alcova junto a um leão, coberto por "uma barba cada dia mais fantástica", "poderoso e lúgubre como um profeta e majestoso como um patriarca"; e o obtuso, imperturbável Dodo, de sobrecasaca, colete branco e chapéu-coco; e o jovem Edzio, de "forma esponjosa e mole", tão contraído que não parece um corpo, mas a sinopse de um corpo, com pernas deformadas, tamanha a quantidade de juntas e articulações —

todos eles, ao redor de Jakub, *démon moqueur*, primeiro entre a trupe dos desencarnados, todos adquirem, na memória de Schulz, a natureza de palhaços da arte *naïf*, mas também de fantasmas engraçadíssimos, de espectros minúsculos e perturbadores, de capetinhas.

A fixação paranoica, a essência híbrida e coloidal das figuras menores tem relação direta com a propensão de Schulz aos manequins, aos bonecos de cera, com seu interesse pela "fantástica fermentação da matéria".

Ao percorrermos Drohobycz, vemos fantoches por todos os lados. Nos retângulos sujos das vitrines da rua dos Crocodilos alojam-se "grandes bonecos de cera e manequins de salão de cabeleireiro". Enquanto aguarda o fim do mundo, Jakub vislumbra no céu da cidadezinha um homúnculo imerso no líquido amniótico de uma ampola de vidro. As costureiras Polda e Paulina introduzem na casa dos Schulz "uma senhora silenciosa e imóvel, toda de pano e de estopa, com uma bola preta de madeira no lugar da cabeça". E com quê sonham elas? Com o vento que traz pela janela aberta um pierrô estofado de serragem. E um dia chega a Drohobycz um *panopticon*, um "hospital de figuras de cera", e entre seus enfermos ilustres está Maximiliano dos Habsburgo, um autômato de sobrecasaca que, por meio de um simples truque mecânico, rola os olhos e estufa o peito, como a Cleópatra do poema de Blok.[36]

Não apenas Drohobycz fervilha de manequins, mas também seus cidadãos anseiam pela condição de títeres e autômatos. Os habitantes cinzentos da rua dos Crocodilos compõem um "cortejo sonolento de fantoches". Aguardam ho-

---

[36] "Kleopatra" (1907), poema escrito pelo poeta simbolista russo Aleksandr Blok (1880-1921). Ripellino, ao comentá-lo no prefácio às suas traduções de Blok, discorre a respeito de uma visita que o poeta fez a um museu de cera. Cf. Blok, *Poesie*, Milão, Lerici, 1960. (N. do T.)

ras pela chegada dos trens, "os rostos de perfil, feito uma fileira de pálidas máscaras de papel recortadas numa fantástica linha de olhares hipnotizados". Na loja, os vendedores se enrolam até as orelhas nos tecidos, lembrando "figuras vivas, múmias de pano". E os alegres bombeiros são também fantoches. No inverno, "metidos no cano da chaminé, imóveis como crisálidas, em seus uniformes escarlate e capacetes lustrosos [...] dormem, de pé, embriagados pelo suco de framboesa, repletos de fogo e de uma doçura viscosa".

Tudo o que é vivo de repente revela uma índole de fantoche. Retornando a Jakub, os pássaros que Adela dispersara caem como amontoados disformes de plumas, revelam-se cegos, feitos de *papier mâché*, estofados de carunchos, quimeras falsificadas, esplendidamente coloridos, mas ocos. Tudo o que é vivo aspira a um entorpecimento manequínico, àquela inerte expressão vegetativa, àquela imbecilidade de Perogrullo[37] que é imposta ao fantoche para todo o sempre. E é estranho, portanto, que Jakub, no "Tratado dos manequins", aflija-se pelo sofrimento da "matéria oprimida", contra a qual se perpetra um "tremendo abuso" ao fincá-los numa atitude eternamente imutável. E se os homens e as bestas tendem a se desmanchar "em gesso e estopa", é estranho que Jakub lamente "a terrível tristeza de todos os *golens* grotescos, de todos os fantoches, imersos numa trágica meditação sobre suas engraçadas caretas". "Já ouviram alguma vez à noite", pergunta ele, "os uivos horrorosos desses fantoches de cera trancados em barracas de feira, o coro lamentável dessas carcaças de madeira e porcelana esmurrando as paredes de sua prisão?"

---

[37] Personagem do folclore oral italiano e espanhol, ao qual são atribuídas frases tautológicas e redundantes, as "perogrulladas". É análogo ao La Palice francês com suas "lapalissadas". (N. do T.)

Na Drohobycz da infância podia acontecer de os manequins se colocarem em marcha, como que pelo impulso de molas e engrenagens. Numa noite de tormenta, Józef arrasta atrás de si, com um estrondo dos infernos, toda a camarilha do *panopticon* numa empresa cavaleiresca, e então faz explodir o museu de cera com um barril de pólvora e liberta os manequins, que partem para o vasto mundo a tocar seus realejos da Floresta Negra. E à noite, nos arredores do ginásio, até os exemplares desnudos do gabinete de ciências parecem palpitar.

O amor de Schulz pelos manequins é parte de uma tendência difundida na arte das três primeiras décadas do século XX. Logo nos vem à mente a pintura metafísica italiana e os ídolos carecas de Oskar Schlemmer, cujo fervor pela marionete e pela *mechanische Kunstfigur* — a "figura humana mecânica" — manifestou-se não só na pintura, mas também no balé *Das Figurale Kabinett* (1923), "metade barraca de tiro ao alvo, metade *Metaphysicum abstractum*".[38] E quantos *Hampelmänner* nos quadros de Paul Klee, quantos fantoches do teatro de marionetes e da ópera-bufa. De resto, na comédia *Os pragmáticos* (*Pragmatyści*, 1919), de Witkiewicz, figura uma múmia chinesa, "princesa do lótus azul". E o futurista polaco Tytus Czyżewski, no poema "Transcendentalne *panopticum*" ("O *panopticon* transcendental", 1921), ostentou em brados de feirante as suas *"woskowe figury"* — figuras de cera animadas por um dispositivo eletromecânico. Schulz compartilhava essa paixão com a amiga Debora Vogel, que publicou, em 1934, um livrinho de poemas cujo título era *Manekiny*, e dedicou diversas páginas aos mane-

---

[38] Cf. Schlemmer, "Mensch und Kunstfigur" ["O homem e a figura artística"], em Oskar Schlemmer, László Moholy-Nagy, Farkas Molnár, *Die Bühne im Bauhaus* [*O palco na Bauhaus*, 1925], Mainz-Berlin, 1965. Cf. também Hans Hildenbrand, *Oskar Schlemmer*, Munique, 1952.

quins no volume de contos *Akacje kwitną* (*Acácias em flor*, 1936).[39]

Quase que em resposta ao ensaio de Kleist sobre as marionetes,[40] o mercador-titereiro Jakub, como um charlatão de praça que anuncia aos berros a venda de laxativos a crédito, improvisa, diante das duas costureiras a ponto de terem um treco, seu delirante "Tratado dos manequins", um *intermezzo* sterniano no qual anuncia o propósito da sua fornada de bonecos — obtida "pela suspensão de certos coloides mais complexos numa solução de sal de cozinha" —, ou seja, "criar o homem pela segunda vez, à imagem e semelhança do manequim".

Jakub, isto é, Bruno Schulz, é tomado de fervor pela matéria, que considera ser dotada de uma fecundidade sem limites, de uma inexaurível força vital. E a matéria de sua predileção, a substância suprema para a criação dos manequins, é a "*tandeta*", ou os trastes, as bufarinhas, os cacarecos. Essa demiurgia chocarreira pretende conferir uma patente de nobreza às coisas mais reles, aos andrajos do mercado de pulgas, à parvoíce das bagatelas. Com isso a "manequineria" schulziana se avizinha do *Merzbau* de Kurt Schwitters.[41]

Por outro lado, em Drohobycz não há um limite demarcado entre a plebe dos pascácios de estopa ou de cera e aqueles que assistem embasbacados. E o escritor se questiona, perplexo, se o Maximiliano do *panopticon* seria o próprio arqui-

---

[39] Cf. Ficowski, *op. cit.*, p. 112.

[40] O ensaio *Über das Marionettentheater* (*Sobre o teatro de marionetes*), escrito em 1810 por Heinrich von Kleist (1777-1811). (N. do T.)

[41] Kurt Schwitters (1887-1948), artista alemão que se aventurou em áreas que vão da escultura e colagem ao desenho industrial. Sua obra *Merzbau* (*Casa Merz*) é considerada a primeira instalação artística e o ápice de sua "arte Merz", palavra que, semelhante ao Dadá, fora escolhida ao acaso e não portava significado algum. (N. do T.)

duque ou um sósia em "ressurreição de cera", um boneco demente que representa sua "comédia burlesca e imperial".

Um grande malabarismo metafísico é o que anima o universo schulziano. Os objetos não encontram sossego. Ao emprestar o motivo da "revolta das coisas", caro aos cubofuturistas russos e ao dadaísmo, ele descreve a migração de panelas, tonéis e garrafas, a invasão implacável de bacias vociferantes, gamelas delirantes, a cavalgada das vigas e traves, chapéus e cartolas escalando uns sobre os outros — como no filme *Fantasmas antes do café da manhã* (1927), de Hans Richter.[42] As coisas batem desajeitadamente "as estacas de suas línguas de madeira". O forno geme, e sua barriga pintada se contorce em caretas. No comércio do pai as tábuas do assoalho conversam. As colchas se agitam, os lençóis incham sem parar. O tio Karol conhece algo parecido: "o edredom crescia em volta dele, enchia e fermentava, e cobria-o de novo com uma porção pesada de massa esbranquiçada".

"Tudo gira, tudo revolve."[43] Drohobycz é um circo, e Bruno Schulz o seu diretor. Isso é atestado em particular pela cena em que a cidadezinha, infinitamente dilatada na expansão do cosmo, aguarda a chegada de uma bólide aniquiladora: "como numa farsa de circo, voavam bonés e chapéus-coco, cabelos se arrepiavam, guarda-chuvas se abriam e as carecas surgiam sob as perucas arrancadas". Velocípedes irrompem no negro espaço estelar, ciclistas em seus "aparelhos aracnídeos": trata-se de "um fim do mundo ciclístico-acrobático, do tipo prestidigitatório, um maravilhoso abracadabra instrutivo-experimental".

---

[42] *Vormittagsspuk*, curta-metragem experimental de Hans Richter (1888-1976), artista alemão à época relacionado ao Dadá. (N. do T.)

[43] *Alles dreht sich, alles bewegt sich* (1929), filme de Richter, a partir de imagens de espetáculos circenses nas ruas de Berlim. (N. do T.)

Muitas das páginas de Schulz têm um caráter e um resplendor carnavalescos. Amontoam-se tiras e retalhos coloridos de *bal masqué* em volta das costureiras, "como escamas e cascas em torno de dois papagaios pródigos e exigentes". Com essas tiras e retalhos de tecido, que o pai toma por suas aves perdidas, Polda e Paulina "podiam cobrir a cidade inteira numa nevasca colorida e fantástica". Os carnavais têm lugar na loja de Jakub: as peças, organizadas com gravidade patriarcal, descem de repente das prateleiras para as mesas e o balcão, rugindo "com tiradas pantomímicas, luciferinas improvisações". A turba que invade a loja, ávida de tecidos, envolve-se nos panos fazendo com eles dominós e fardas ridículas. Em Drohobycz há um grande desejo de disfarçar-se de homens e objetos. As crianças, ao encherem bexigas de ar, transformam-se em máscaras vermelhas de galo. No pôr do sol, as casas da cidade febril enrubescem e as pessoas andam "maquiadas e pintadas de cores gritantes". No verão, o sol escaldante cola em todos os rostos "a máscara bárbara de um culto pagão".

O demônio do malabarismo imiscuiu-se em Drohobycz a tal ponto que lá, além de tudo, encontram-se também alguns vendedores de tecidos invisíveis, que apresentam com mãos hábeis a mercadoria inexistente. Mas a única mercadoria autêntica a contrastar com a *"tandeta"* barata são os tecidos sólidos e fortes do antigo comércio do pai. Em todo esse malabarismo às vezes podemos perceber algo ao mesmo tempo de Chagall e de Chaplin, como na cena em que Jakub recebe em sua loja um hóspede ilustre, um "homem de barba negra" saído de uma comédia *slapstick*, representante de uma "Fiação e Tecelagem Mecanizadas", e, depois de um colóquio longo e agitado diante do livro de contas, sai com ele para a noite escura: "a guilhotina da noite cortou-lhes de um só golpe as cabeças, e eles mergulharam na noite como numa água negra". Tendo voado pelo negrume infinito, retor-

Bruno Schulz e seus alunos de trabalhos manuais no Ginásio de Drohobycz, *c.* 1934.

nam à loja bêbados e recuperam suas cabeças perdidas — um enquadramento burlesco, metade Chagall, metade Chaplin.[44]

A memória bagunça e tira da ordem os acontecimentos. A incongruência do sonho tumultua a lógica da continuidade temporal, lançando dúvida até sobre o fim irrevogável. Assim, acontece de Jakub voltar à vida sem mais nem menos depois de haver morrido ou desaparecido em forma de pássaro ou barata, retomando seu trabalho na loja, suas garrulices e extravagâncias, apenas para desaparecer outra vez, num ciclo infindável. "Morria várias vezes", diz Schulz, "mas nunca por completo, sempre com algumas objeções que implicavam a revisão desse fato." Outras figuras também se caracterizam por semelhante alternância de desaparecimentos e reaparecimentos: a empregada Adela, por exemplo, embarca para a América e afoga-se, mas depois ressurge repentinamente.

Essa instabilidade prestidigitatória nos remete ao teatro de Witkiewicz, aquele cabaré manicomial onde predomina o ilógico, o camuflado, o volúvel, um marionetismo ctônico, toda sorte de bizarrias, e onde nada, nem mesmo a morte, é definitivo. Witkiewicz tinha amor pelas ressurreições briguelescas do teatro de fantoches, pelos retornos irracionais, pelas transações com o além-túmulo. Doidos tingidos de carmesim, escória da imbecilidade engambelada, menestréis de cançonetas, seus personagens morrem e renascem com a futilidade dos Cagliostro.[45] Em *Kurka Wodna* (*Galinha d'água*, 1921), a Galinha, trucidada a pedido próprio no primeiro

---

[44] Trata-se do conto "A estação morta", de *Sanatório sob o signo da clepsidra*. (N. do T.)

[45] Referência ao autoproclamado curandeiro Giuseppe Balsamo, de pseudônimo Conde de Cagliostro, a quem Thomas Carlyle apelidara de "Príncipe dos Charlatães". (N. do T.)

ato por seu amante Edgar, ressuscita e, rejuvenescida graças ao ioga e umas massagens, alicia o filho de Edgar, e aquele volta a assassiná-la, para depois suicidar-se. Em *Wariat i zakonnica* (*O doido e a monja*, 1923), o jovem poeta Walpurg, amante de uma irmã enfermeira, enforca-se com a manga de uma camisa-de-força e, ainda com seu cadáver em cena, retorna galantemente com uma flor amarela na lapela, usando um traje berrante para sua monja, e seguido por um doutor morto por ele pouco antes. Em *Szewcy* (*O sapateiro*, 1931-34), Sajetan, chefe dos sapateiros, despachado primeiro a golpe de machado por um aprendiz e depois a coronhadas de Colt pelo Hiperoperário, a cada vez continua a matraquear exabundantemente. Em *Matka* (*A mãe*, 1924), a falecida mãe, ao mesmo tempo em que jaz no catafalco, reaparece — *mamma mia!* — vinte e três anos mais jovem. E o filho, tomado pelo luto, explica que aquela carcaça não passa de um manequim com cabeça de madeira (obra, talvez, de Zamoyski ou Archipenko),[46] braços de gesso e o resto de estopa.

De forma similar, Schulz manipula o tempo, deslocando e embaralhando os acontecimentos segundo seus caprichos, sobrepondo-os a aberrações e desatinos que dão lugar a "uma palhaçada amorfa". Esse tempo, nem antes nem depois de Cristo, é o tempo da Grande Heresia, das metamorfoses *clownescas* e dos retornos absurdos e inopinados, segundo a dimensão desconexa de um mundo onírico e coloidal. Esse "não tempo" chega a gerar um décimo-terceiro mês, "mês corcunda", "rebento meio murcho" com dias apócri-

---

[46] Alexander Archipenko (1887-1964), escultor vanguardista ucraniano. August Zamoyski (1893-1970), escultor polonês que se radicou no Brasil em 1940; é autor dos monumentos a Chopin (Praia Vermelha, Rio de Janeiro) e a Assis Chateaubriand (MASP, São Paulo). (N. do T.)

fos, "dias-joio", mês de coisas inacabadas, de estranhas excrescências, de híbridos.

Schulz força ao máximo a sua deformação do tempo nas páginas daquele remoto Sanatório onde os mortos continuam a viver. Mesmo que em casa, em Drohobycz, ele já fosse um defunto, lá, naquela cidade funerária — que parece envolvida em crepe como os violinos do conselheiro Krespel[47] —, Jakub ainda vive em aspecto póstumo (outro elemento de seu demonismo): ele inclusive se alterna entre doente letárgico no leito do Sanatório e comerciante industrioso em sua loja de tecidos, que reabrira ali. No Sanatório, os defuntos são devolvidos a uma espécie de *"Als-Ob-Leben"* — uma vida fingida, de museu de cera —, um prolongamento fictício e fantasmagórico e, a fim de refrear o escorrimento residual da clepsidra, submergem amiúde em sono pesado.

A alegoria é clara. O trem que leva ao Sanatório é a barca carcomida que atravessa o pântano furibundo, e o velho condutor de rosto inchado de dor de dente é Caronte. O Sanatório, com seu labirinto de portas, armários e corredores sem saída, com sua sujidão, suas estufas apagadas e campainhas desengatadas, é a embocadura do Érebos, a derradeira sala de espera. Aqui, Schulz substitui o colorido desenfreado dos outros contos por uma paleta lúgubre, na qual prevalece o branco e o preto, os matizes de cinza e o argênteo. Apesar de nebulosa e de cores desbotadas, vista como que por uma lente esfumada, a estação terminal da existência revela, de quando em quando, por um ataque de nostalgia, a filigrana de Drohobycz. E para pôr em relevo a doçura viscosa da sonolência, a glutinosidade da morte, Schulz insiste nas confeitarias que surgem nas margens da cidade do Sanatório, variações pesarosas das lojas de canela.

---

[47] Personagem da novela *Rat Krespel* (1818), de E. T. A. Hoffmann. (N do T.)

Em algum momento, o conto "Sanatório sob o signo da clepsidra" lembra o romance *Die andere Seite* (*O outro lado*, 1908), de Alfred Kubin. O trem, que com seus vagões arcaicos viaja pela longínqua cidade misteriosa até os confins do mundo; o cinzento de crepe fúnebre da ruinosa cidade-sanatório, tão similar a Pérola e, assim como Pérola, mergulhada em sonolência; a apatia, o pesar das pálpebras, a "irresistível necessidade de sono" que se agarra a Józef em sua estadia sob o signo da clepsidra; as figuras esquizoides que ele encontra e os emblemas do luto (como aqueles enormes ramalhetes de samambaia negra); a semelhança do evasivo doutor Gotard com o esquivo déspota Claus Patera; e mesmo o motivo do exército inimigo invadindo a Cidade do Sonho: tudo isso nos remete àquele romance espectral.

A infância de Bruno em sua cidadezinha dormente na Galícia Imperial e Real coincide com os anos de declínio da monarquia austro-húngara. Uma vez que se esforça por reproduzir os sabores e a curiosidade daquele tempo e daquele sistema, a narrativa de Schulz, enraizada no húmus da *Mitteleuropa*, pertence à categoria de obras que refletem a decadência e os lampejos extremos do império de Kakânia.[48]

A sua descrição, por exemplo, de Francisco José, "potente e triste demiurgo", não está distante daquela que fez Joseph Roth, ele mesmo um judeu da Galícia, em seu romance *Radetzkymarsch*, de 1933. Schulz diz:

"Seus olhos estreitos, obtusos como pequenos botões, assentados no delta triangular das rugas,

---

[48] O termo é usado por Robert Musil em seu romance *O homem sem qualidades* (1930-43). "Kakânia" faz referência irônica ao acrônimo "K.u.K." — "*Kaiserlich und Königlich*" ("Imperial e Real") —, que indicava o caráter duplo da monarquia austro-húngara. (N. do T.)

não eram olhos humanos. Seu rosto cabeludo, com suíças brancas como leite penteadas para trás, lembrando aquelas dos demônios japoneses, era o rosto de uma raposa velha, triste. Visto de longe, do alto do terraço de Schönbrunn, esse rosto, graças a certa composição das rugas, parecia sorrir. De perto, o sorriso se desmascarava num esgar de amargura e numa objetividade prosaica, não iluminada pelo clarão de nenhuma ideia."[49]

E Roth:

"O Kaiser parecia, certo dia, numa hora determinada, ter virado velho e, desde aquela hora, ter permanecido encerrado em sua velhice congelada e eterna, prateada e terrível, como dentro de uma armadura de cristal que impusesse a mais profunda reverência. Os anos não ousavam aproximar-se dele. Seus olhos tornavam-se cada vez mais azuis e cada vez mais duros."[50]

Na fantasia de Józef, o imperador é pintado como um feitiço que domina com regulamentos e ninharias protocolares um mundo tedioso e decrépito. Se Jakub posa de demiurgo varrido, de demiurgo palhaço, de empresário dos embustes e das embrulhadas, Francisco José, pelo contrário, é o demiurgo tétrico e impassível da legitimidade e da etiqueta. Ao imperador enrugado, a esse guardião do tacanho Senso Comum, Schulz contrapõe o festivo álbum de selos e a melan-

---

[49] Trecho do conto "A primavera", de *Sanatório sob a signo da clepsidra*. (N. do T.)

[50] Joseph Roth, *Marcha de Radetzky*, tradução de Luis S. Krausz, São Paulo, Mundaréu, 2017, p. 97. (N. do T.)

cólica figura de Maximiliano; ambos representam — e identificam-se com — o direito ao sonho e à imaginação, ao aventuroso, ao incalculável.

A empreitada de Maximiliano, enviado ao léu para o México, e seu fuzilamento em Querétaro em junho de 1867 permaneceram por muito tempo na memória dos súditos dos Habsburgo. Sussurravam que Francisco José desejava se livrar do irmão porque este era mais habilidoso, mais imaginativo e mais charmoso que ele. Vielas de roda, fanfarras de metais, *katarynki*, *flašinety* e *Musikautomaten* tocaram por todo o império a marcha fúnebre composta para os funerais de Maximiliano.[51] Na monotonia provinciana da Galícia, aquele México irrompe como uma toada, e o nome de Maximiliano se transforma numa abstrata palavra mágica, num *Wortklang* — um jogo de sons — liberador.

Mas é estranho: pela sabedoria transfiguradora dessa prosa, alheia aos maniqueísmos, o próprio Francisco José, a despeito de seu amuamento e de sua esquiva condescendência, torna-se também um simulacro encantado. Schulz não degrada o retrato onipresente do imperador, como o faz Jaroslav Hašek, que, em *O bom soldado Švejk* (1921) e em seus contos, cobre-o de derrisórias pegadas de mosca. E Schulz não humilha a personagem, como o faz Hašek, que o reduz a caduco e simplório, sempre afligido por um estômago revirado.

O escritor polaco reconstrói as últimas décadas do império austro-húngaro — ou seja, a própria infância — ao recordar velhos *réclames*, receitas e vinhetas dos almanaques e dos jornais ilustrados. Dos pedaços do Livro emerge Anna

---

[51] "Katarynka", "flašinet" e "Musikautomat" são designações, respectivamente, em polonês, tcheco e alemão para o órgão mecânico, também conhecido como realejo. A marcha mencionada foi composta por Franz Liszt em 1867: "Marche funèbre en mémoire de Maximilian I, Empereur du Mexique". (N. do T.)

Csillag, cuja calvície, pela ação de um unguento, dá lugar a suntuosos, esparramados cabelos de Lorelei;[52] ciclistas com bigodes enrolados nas pontas em seus velocípedes de rodas altas; o bálsamo "Elsa-fluid, *com o cisne*" e outros fármacos milagrosos; canários do Harz e acordeões da Berbéria; e Asta Nielsen, e o sr. Bosco, mestre de magia negra. Com o auxílio desses recortes de publicidade, dessa "*tandeta*" do crepúsculo monárquico, Schulz exprime o gosto de uma época, aquilo que Mandelstam chamou de "rumor do tempo".

Junto com o grandioso *kitsch* do início do século (pescado com uma paixão que rivaliza com a dos surrealistas), são recorrentes nos contos muitos outros elementos da *secesja*, a *art nouveau* polaca. É sobretudo inusitada a presença constante dos papéis de parede com tramas de arabescos. Os anjos dementes de Schulz habitam matagais densíssimos de papéis de parede latejantes, suscetíveis também a "miragens longínquas e arriscadas" e atravessados por cochichos, piscadelas, por "eloquentes, sussurros de línguas venenosas, zigue-zagues de pensamentos". O escritor conhece a vida secreta e volátil, a "dialética estéril" das cortinas, do teatro têxtil análogo àquele que improvisam os tecidos empilhados na loja paterna e os trapos coloridos e fraudulentos. Registra o "pânico dos arabescos", o rumor argênteo das folhas do papel de parede, suas zombarias, seus vexames, seus tumultos e divagações. Ao desvanecimento de Jakub contrapõe o resfolegar noturno e irrequieto do papel de parede, que parece comunicar não apenas a indisposição, mas também os tiques, a

---

[52] De Anna Csillag, que foi popular em toda a Kakânia, encontramos notícia em vários escritores da região da Europa central: em *Robinsonáda* (1926), por exemplo, do tcheco Karel Konrád. Com um lírio nas mãos, a camisola cingida de franjas e a cabeleira profusa chegando até o chão, como na legenda do anúncio publicitário: "Eu, Anna Csillag, consegui estas enormes melenas, de 180 cm de comprimento, usando apenas, pelo período de 14 meses, um creme que eu mesma inventei...".

anatomia do sorriso do velho comerciante. De resto, quando transformado em lagostim, o pai escala essas paredes. Esses adornos seguem alternadamente as composições cromáticas, os *vitraux* da *art nouveau* polaca. Mas não só os adornos. Os pássaros de Jakub, por exemplo, com suas "mantas de púrpura" e seus "farrapos de safira, prata e azinhavre", "formavam um canteiro ondulante de muitas cores no chão, um tapete vivo que se desmanchava com a entrada inesperada de alguém, dividia-se em flores voláteis que vibravam no ar".

Józef tem o nome do filho do velho Jacó (Jakub) e, assim como o José do livro do Gênesis, é o "sonhador-mor" (37: 19). São frequentes as menções bíblicas nos contos de Schulz, mas é comum que a solenidade com a qual referem-se à Bíblia carregue um quê de bufonada, e, ao olharmos bem para a natureza de Jakub, podemos dizer que os saltimbancos e os jogadores de dados são feitos do mesmo tecido dos patriarcas.

Resumindo, o biblicismo schulziano chega a ser burlesco. Tenho em mente uma cena em que o comerciante enfermo levanta-se para servir-se do urinol de porcelana, enquanto Jeová, "inchado de cólera", cospe suas pragas. E outra em que, em meio às torrentes de tecidos, como se estivesse numa "Canaã fantástica", Jakub faz soar raivosamente sua trompa de chifre para dispersar a turba, o "povo leviano de Baal" que toma a loja de assalto. E outra ainda, em que o "homem da barba negra", ele mesmo representante de uma tecelagem e patriarca dominical, retorna um pouco alto do passeio por Drohobycz e ambos desabam engalfinhados, exaustos, o homem de barba negra sobre o pai, "como o Anjo em cima de Jacó". A loja se transmuta em paisagem bíblica, o hierático chefe de família passeia por seu lanudo rebanho de tecidos, os alegres vendedores são "querubins formosos", "anjos escuros e ruivos". E no interior da casa dos Schulz parece reinar aquele "melancólico silêncio bigodudo" que, de acordo com Mandelstam, envolvia os lares judaicos da Europa eslava.[53]

As ideias de Jakub acerca da criação de homúnculos e humanoides de entulho estão relacionadas ao mito do *golem*. Seu "Tratado dos manequins" é uma espécie de *Sêfer Yetzirá*[54] mirando o grotesco, a glosa de um rabino lunático que poderia muito bem viver numa das peças de Witkiewicz. Por mérito de Jakub, assim como várias das cidadezinhas judaicas na fronteira entre a Polônia e a Rússia, Drohobycz também terá uma lenda de *golem* só sua, ainda que inusitada, *sui generis*. À diferença do *golem* do rabino Elijahu de Chełm,[55] os manequins desse demiurgo truão não rebelam-se contra seu criador, e não será necessário reduzi-los à *"tandeta"* original do qual foram plasmados (como os *golens* de argila), dissolvê-los num apanhado amorfo de papel e cartolina.

Na escritura schulziana encontramos o mesmo entusiasmo pela vida, as mesmas maravilhas, e até os mesmos *"meshugaim"* — os esquisitões e os desparafusados — das histórias hassídicas. Os estratagemas de prestidigitador de Jakub lembram certos prodígios do ilusionismo dos quais se conta entre os *hassidim*, como, por exemplo, o encurtamento fulminante das distâncias. E ele mesmo, o vendedor de lotes de pano, transformista e taumaturgo tumultuário, faz arejar, com suas bizarrias, a imagem incôngrua dos rabinos hassídicos que operam exorcismos e milagres, e com frequência

---

[53] Óssip Mandelstam, *Eguipetskaia Marka* [*A marca egípcia*, 1928], capítulo 6.

[54] *Livro da formação*, o mais antigo tratado místico do judaísmo. (N. do T.)

[55] Cf. Beate Rosenfeld, *Die Golemsage und ihre Verwertung in der deutschen Literatur* [*A saga do golem e seu uso na literatura alemã*], Breslávia, 1934, pp. 20-5.

saem girando. O gosto pela barafunda faz dele um *maggid* — uma espécie de inflamado pregador itinerante. E seus longos períodos de isolamento ranzinza nos recordam que também os *tzadikim* — os justos — costumam se isolar.

Em 1936 Bruno Schulz traduziu para o polonês *O processo*, de Franz Kafka.[56] A relação de sua obra com a obra kafkiana é fortíssima. Isso preocupou Gombrowicz quando, em 1961, uma seleta de contos de Schulz apareceu em francês sob o título *Le Traité des mannequins*: "Seu parentesco com Kafka pode tanto lhe abrir os caminhos como fechá-los. Se disserem que são primos, tanto pior para ele. Por outro lado, se captarem o esplendor específico, a luz particular que emana dele, como de um inseto fosforescente, ele estará pronto para entrar, como se escorregasse numa poça de óleo, na imaginação já trabalhada por Kafka e os de sua estirpe [...] e então os gastrônomos em êxtase vão lançá-lo para o alto. E, se a poeticidade excessiva de sua obra não cansar demais, as pessoas ficarão deslumbradas".[57]

Sobretudo, o que remete a Kafka são as metamorfoses — as do pai, em primeiro lugar. À força de viver recluso no sótão com um bando proliferante de pássaros heteróclitos, Jakub encolhe, seus olhos se cobrem de uma membrana branca, ele começa a agitar os braços como se fossem asas e a repetir o brado daquelas aves, assumindo aos poucos um aspecto de condor empalhado com sua enorme fronte senil. Mais tarde, todo tufos e bolas de pelo cinzento e longos pe-

---

[56] Cf. Franz Kafka, *Proces*, Varsóvia, Rój, 1936. Segundo Ficowski, a tradução é de Józefina Szelińska, então noiva de Bruno Schulz, e este teria apenas auxiliado em algumas passagens e "emprestado" a ela o seu nome, já conhecido nos círculos literários depois da publicação de *Lojas de canela*. (N. do T.)

[57] Gombrowicz, *op. cit.*

nachos de cerdas, o comerciante lembra uma raposa eriçada. Ainda mais tarde, ao lutar contra a "inundação do enxame negro" de baratas que invade a casa, deixa-se vencer por seu fascínio e acaba ele mesmo virando barata, fundindo-se completamente àquela raça pegajosa, desaparecendo "em seus caminhos de barata". Outra vez, na loja de tecidos, fica furibundo e começa a zunir, a esvoaçar, a bater-se contra o teto, como uma mosca monstruosa "de um azul metálico". E depois uma nova transformação: transmuta-se em qualquer coisa entre escorpião e lagostim.

As transformações em barata e lagostim revelam claramente a influência da novela *A metamorfose* (1915), de Kafka, a história de Gregor Samsa, que acorda certa manhã transformado "num inseto monstruoso". Assim como o inseto Samsa, a quem a doméstica chama, sem ambiguidade, de "velha barata", Jakub também, quando lagostim e barata, passa um bom tempo deitado de costas. Ou, imitando Samsa, que corre embaixo do sofá e ao longo das paredes e do teto, Jakub dispara pelo assoalho, entre a mobília, range sob as portas, enfia-se nas fendas. Esse rangido nos faz pensar que, assim como Samsa, tem as costas "duras como couraça", mas é certo que ele também possui inúmeras patinhas, e também pinças e antenas, com as quais agarra os objetos.

Mesmo a profissão assemelha-os: Samsa é de fato um caixeiro viajante, vendedor de tecidos, e quando Jakub desaparece mudado em barata, a mãe conforta Józef dizendo que o velho está atravessando o país como caixeiro-viajante. Se, em Kafka, o pai é o terrível acossador do inseto, que bate nele, bombardeando-o com maçãs, o maior inimigo de Jakub é o tio Karol, que quer pisoteá-lo. No entanto, a metamorfose de Samsa é acompanhada por uma dor "leve e surda", por um sentimento de angústia e sufocamento, enquanto as múltiplas transformações de Jakub acabam resolvendo-se em burlas, em truques de ilusionismo. A lentidão dos movimentos de Samsa, para quem é difícil alçar-se sobre todas aquelas patas que bailam no vazio, é o oposto do irrequieto "cerimonial das baratas" de Jakub, de seus volteios e escapadas, de sua *clownerie*. Mas isso não significa que as metamorfoses do vendedor de panos suscitem menos aversão que as de Samsa. É triste imaginá-lo de barriga para cima, uma barata em meio às outras, mortas, que Adela recolhe à lixeira pela manhã. Ou como um crustáceo inchado, cozido no prato com geleia e molho de tomate. Diferente da família descrita por Kafka, que sente reflorescer a vida quando morre Gregor, os parentes de Jakub não suspiram de alívio nem desesperam com as reiteradas desaparições do pai, quase como se estivessem calejados por suas proezas. Para resumir, na casa dos Schulz o maravilhoso é tão habitual que mesmo as transformações de Jakub, em artrópode ou díptero, parecem fatos ordinários.

A narrativa schulziana é abarrotada de bestas e insetos. Legiões de percevejos migram pelo corpo dormente de Adela. O paternal casaco de pele de fuinha respira, transpassado de frêmito. Até essa abundância zoológica nos remete outra vez a Franz Kafka, cujos contos são como os aposentos ambíguos e recônditos de uma arca perturbadora, com chacais, toda uma população de ratos, um abutre, um cão, um híbrido de gato e cordeiro, com o cavalo Bucéfalo que se tornou um advogado e o símio que nutre uma relação científica com seu passado simiesco.

Mas na casa dos Schulz têm lugar outras metamorfoses, que não as ferinas. O irmão de Jakub, depois de uma doença, transforma-se num rolo de tripas de borracha; o tio Edward é transformado em campainha elétrica por Jakub (mas que família terrível!), e pendurado na parede; a tia Perazja, atacada por um acesso de cólera numa noite de terrível tempestade, contrai-se diante do fogo como um pedaço amarrotado de papel e, queimando, reduz-se a um punhado de cinzas. Como se no homem se inflamasse a gana de virar "*tandeta*", "*rupiecie*", ou seja: trastes velhos, trouxas de refugos, ninharias de Merz.

Em termos gombrowiczianos, as metamorfoses das criaturas de Schulz são asneiras da "imaturidade" quando comparadas com a angústia sufocante da metamorfose de Samsa. De resto, que os próprios personagens de Schulz são modelos de "imaturidade" — pequerruchos, homens "forrados de criança" — fica demonstrado pela metamorfose daquele aposentado que, em meio às caretas dos alunos escolares, matricula-se na escola primária e recomeça a aprender o alfabeto, voltando à criancice, como acontecerá em *Ferdydurke*, para depois desaparecer à la Chagall sobre os telhados, tragado pelo redemoinho de vento que um colega instiga com seu pião.[58]

Mas aprofundemo-nos nos vínculos com Kafka. O Sanatório, *Ultima Thule*, pela qual passa um trem por semana, fica tão afastado do mundo quanto a pequenina estação, uma barraca de madeira infestada de ratos, onde termina a ferrovia que deveria levar ao vilarejo de Kalda, no interior de uma Rússia irreal.[59] Nos vendedores da loja de tecidos há algo dos servidores kafkianos. Na atmosfera de ópio do Sanatório, naquela morada da letargia, é possível farejar uma reminiscência do albergue da ponte, de *O castelo*, e em certos momentos a camareira lembra um pálido reflexo de Frida. Assim como Kafka, Schulz tem um fraco pelas grandes camas de plumas. E com ele compartilha de uma propensão erótica ao servilismo, como demonstra o relevo dado à sedução pelos subordinados. Solicitadoras de sensualidade, fo-

---

[58] Trata-se do conto "O aposentado", de *Sanatório sob o signo da clepsidra*. (N. do T.)

[59] Franz Kafka, "Erinnerungen an die Kaldabahn" ["Recordação da ferrovia de Kalda", 1914], em *Tagebücher* [*Diários*].

les de lascívia são as duas bonequinhas criadas-costureiras, e em especial Adela, que atrai Józef e os vendedores. São também "kafkerias" as descrições de escapadas para imensos cômodos esquecidos, corredores, galerias e labirintos de casas decrépitas.

E, por fim, o tema do pai. Os judeus Hermann Kafka e Jakub Schulz foram ambos comerciantes. Mas o maluco e minguado Jakub, jogador de dados, heresiarca, bufão, artífice de artimanhas e extravagâncias, *alter ego* do escritor, é a antítese do corpulento, cabeça-dura e despótico chefe de família pintado por Franz Kafka em sua *Carta ao pai* (1919). E suas prédicas zombeteiras são diversas dos preceitos educativos e das críticas abruptas com as quais Kafka oprime "o gigante, a suprema instância", com o dedo ameaçadoramente em riste.

O pai de Kafka é ele mesmo um mestre da arte de vender e tratar com o público, enquanto o filho detesta o comércio de bugigangas e foge dele, pois identifica-o com o sufocante influxo de autoridade e de força vital paterna que interrompe todo o seu fervor, qualquer tímida tentativa de independência, aumentando nele a insegurança e o sentimento de culpa. Enquanto que, para Schulz, o mundo do pai, aquele obsoleto empório de panos, é fonte e reforço para a fantasia, um cabaré poético, um arquivo de sortilégios. E não devemos achar que Jakub, como Hermann Kafka, seria avesso à atividade literária do filho. Ao contrário do pai kafkiano, que respinga saúde, o pai de Schulz era débil e sempre enfermo como o filho, e os doentes sempre se entendem. Nos outros contos ele já é introduzido como fantasma, é já uma imagem da memória, um demônio brincalhão de cabeça enorme.

Kafka reprova o pai por haver certa vez insultado o ator do teatro iídiche Jizchak Löwy sem ao menos conhecê-lo, por tê-lo comparado a um "inseto monstruoso". Seria essa a origem de todos os insetos em Kafka e Schulz? Mas, alargando a ambiguidade, poderíamos fantasiar que, com as múltiplas transformações do pai em pássaro e barata, o autor polonês vinga Gregor Samsa. Só que mesmo a vingança, em Schulz, não pode passar de malabarismo.

Mas quão desigual é a escrita de Schulz do estilo vítreo de Kafka, de sua casuística de talmudista, de sua advocatura transcendental. A linguagem schulziana, suculenta, fulgurante, pródiga de adjetivos e inclinada à ornamentação, aos voos, aos "*esy-floresy*" — aos floreios, aos *entrelacs* —, essa luxuriante vegetação verbal deriva da *art nouveau* seu caráter lírico e pictórico.

O que pasma nas invenções do escritor galiciano é a exuberância irrefreável das imagens. Cachos, caracóis, cascatas de comparações desbordadas, um furor analógico. O próprio Schulz confessa: "Por uma característica da minha existência, sou um parasita das metáforas, para mim é fácil me deixar arrastar pela primeira metáfora que encontro". O metaforismo transbordante dilata as pequenas epifanias de Drohobycz a proporções hiperbólicas. As insólitas vestimentas estreladas, com fios de ouro, tranças, frisados, com franjas multicoloridas, embrulham a extinta Galícia. Schulz nos propicia festas barrocas. Um exemplo: "Eram dias de poças e brasas, tinham o paladar cheio de fogo e de pimenta. Facas brilhantes cortavam a polpa melosa do dia em sulcos prateados, em prismas com perfis coloridos e repletos de especiarias picantes".

Os meteoros, a fauna, as plantas — todos sofrem a violência de contínuas personificações. E é curioso: enquanto Jakub elucubra sobre a substituição das criaturas vivas por autômatos e manequins, a natureza aspira a tomar aspectos de homens e de animais. É por isso que as bardanas selvagens são "mulheres refesteladas", e "o restolho dourado grita ao sol, como ruivos gafanhotos", e "as vagens cheias de

Manuscrito de "O segundo outono",
de Bruno Schulz, conto publicado no livro
Sanatório sob o signo da clepsidra, em 1937.

sementes explodem em silêncio, feito cigarras". Mas, em compensação, nessa circulação frenética da criação, os lustres enegrecem "como cardos velhos", e os fiacres escurecidos se parecem com "caranguejos ou baratas deformados".

A fantasia é de um furor sobejo: com suas comparações, Schulz ultrapassa o metaforismo incendiado dos poetas russos da década de 1920. Ao lermos "o líquen escuro das madrugadas", ou "o fungo parasita dos crepúsculos", ou "a peliça fofa das longas noites de inverno", somos obrigados a relembrar certas imagens espessas e corpóreas da prosa de Mandelstam, como o "sorriso de groselha das dançarinas", ou a "caspa dourada da areia do mar".[60] A substância da arte schulziana, portanto, é a metamorfose, a fermentação a um só tempo encantada e irônica da matéria, propensa a usar "uma imensa quantidade de máscaras"[61] — em suma, o transformismo incessante.

Essa linguagem facetada em estilhaços de arco-íris, essa revelação de lenços de mágico é capaz de exprimir magistralmente a instabilidade, a fluidez do tempo, a mudança das luzes e do clima. Schulz com frequência explica as maravilhas e as metamorfoses recorrendo às aberrações do tempo meteorológico, aos caprichos e contrassensos das estações. Não só o papel de parede, os arabescos e os recintos participam das mudanças atmosféricas, mas também os acontecimentos, as próprias personagens e até mesmo a topografia são frequentemente gerados pelas estações.

Como sabe reproduzir a plenitude madura, a libidinosa vitalidade do verão, suas bazófias e esbanjamentos, as alucinações, o delírio, a gargalhada da soalheira. E com qual vigor e fúria de cores é pintado o inverno, suas gralhas pretas

---

[60] Óssip Mandelstam, *Eguipetskaia Marka* [*A marca egípcia*], 1928, capítulos 5 e 7.

[61] Schulz, "Carta a Witkiewicz" (1933), em *Proza*, p. 682.

feito folhas vivas e suas lucarnas inchadas pelo vendaval, "tubos pretos do órgão do diabo"; e os sussurros das raízes na primavera, e o "grande teatro ambulante" do outono, com panoramas de papelão e a desordem dos cenários e trajes abandonados. A teatralidade, o caráter variegado, o carnaval das estações schulzianas, pandemônio de tiras e retalhos de luz, lembram o colorido gorduroso das cenas, perucas e indumentárias que entulham as comédias de Witkiewicz — e tudo isso vem dos quadros suntuosos e incrustados de gemas da *art nouveau*. Schulz orquestra a música troante da tempestade noturna e, em contraste, a silenciosa acústica das noites límpidas, cujo firmamento quer estilhaçar-se em "labirinto de outros céus". Descreve o desdobramento, os odores, a metafísica e mesmo a topografia da noite de julho, mês no qual nasceu.

A Galícia se expande para o imenso universo, e as ruas de Drohobycz tornam-se, por bruxedo, cenário cósmico. Mas até na astronomia Schulz introduz o burlesco, a *drôlerie* das pinturas dominicais, seu chagallismo, seu gosto pelo malabar e pela mascarada. Como podemos ver nas páginas apocalípticas de "O cometa", *grand finale* dessa ópera-bufa, em que na pista de um céu estrelado, saído de um livro de Flammarion, Schulz faz correr ciclistas à moda antiga com bigodes enrolados em gancho, desordeiros e esdrúxulos a ponto de suplantar Alfred Jarry.

(1970)

SOBRE O AUTOR

Bruno Schulz nasceu em 1892 em Drohobycz, pequena cidade na região da Galícia, então parte do Império Austro-Húngaro. Seus pais eram ambos judeus já assimilados à cultura polonesa, e Bruno falava polonês em casa e na escola, tendo sido educado também em alemão. Em 1910 ingressa na Escola Politécnica de Lvov, onde estuda arquitetura. Seu progresso seria interrompido algumas vezes por problemas de saúde e, mais tarde, definitivamente, pela eclosão da Primeira Guerra Mundial, período em que a casa de sua família com a loja de seu pai são incendiados pelo exército russo. Estudou ainda, por um semestre, no curso de arquitetura da Universidade de Viena, para onde mudou-se por alguns meses em 1917, junto com parte da família. Desde a morte do pai, em 1915, os Schulz vinham enfrentando dificuldades financeiras, e com exceção de alguns breves intervalos — os anos de estudo em Lvov e em Viena, viagens curtas a balneários vizinhos e a Paris —, Bruno passou toda a sua vida em Drohobycz, ocupando, a partir de 1921, o cargo de professor de desenho e de artes e ofícios no ginásio local; junto com os ganhos de Izydor, seu irmão mais velho, este seria todo o suporte financeiro da casa onde morava com a mãe, Henrietta, e a irmã mais velha, Hania, com dois filhos pequenos.

No início dos anos 1920 Schulz direciona seu interesse à pintura e ao desenho. Datam dessa época os experimentos com a técnica chamada *cliché-verre* — usando matrizes de vidro para impressão em papel fotográfico —, que resultaram no livro *Xięga Bałwochwalcza* (*Livro da Idolatria*). Bruno fez todas as impressões em sua própria casa e, apesar de não ter conseguido vender muitos exemplares — acabou dando-os a amigos —, ao longo da década pôde exibi-los em exposições coletivas em Varsóvia, Cracóvia, Lvov e Vilna. Uma exibição só sua, em 1928 no balneário de Truskawiec, foi acusada de "pornografia", e não raro causava desconforto aos moradores de Drohobycz que Bruno usasse os rostos das damas locais em suas composições masoquistas.

No início de 1934 dá-se a sua estreia literária com a publicação de *Lojas de canela*, cujos contos são, em sua maior parte, o desenvolvimento de historietas e fantasias presentes em longas cartas enviadas à escritora Debora Vogel. Com seu primeiro livro Schulz ganha reconhecimento imediato e passa a exercer também o ofício de escritor. Escreve resenhas literárias e ensaios, faz algumas tentativas de traduzir sua obra para outras línguas, e logo começam a aparecer em revistas literárias os contos que viriam a compor seu segundo livro, *Sanatório sob o signo da clepsidra* (1937). À diferença do primeiro, que foi sua "estreia total" na literatura, todos os contos reunidos em *Sanatório* foram publicados primeiro em revistas entre 1934 e 1936. Junto a outros cinco contos, incluídos nesta edição como "outras narrativas", isso é tudo que nos chegou da ficção de Bruno Schulz.

Em 1935 morre seu irmão, Izydor, e Bruno passa a ser o único provedor da família de sua irmã viúva (a mãe morrera quatro anos antes). Apesar de, em suas cartas, Bruno frequentemente se queixar da monotonia do trabalho escolar e da falta de tempo livre, e apesar das inúmeras licenças requisitadas por motivos de saúde e fadiga (sua atividade criativa concentra-se sobretudo nesses breves períodos de descanso), vários de seus ex-alunos descrevem-no como um professor aplicado. Ao longo deste mesmo ano Schulz recebeu o prêmio literário da revista *Wiadomości Literackie* e oficializou seu noivado com Józefina Szelińska. Em 1938 recebe o prestigioso Laurel de Ouro da Academia Polonesa de Literatura.

O período final de sua vida é bastante conhecido. Em 1939, Drohobycz é ocupada brevemente pelos alemães, que logo recuam com o avanço do exército soviético. A cidade passa a integrar a República Socialista Soviética da Ucrânia; Bruno adaptou-se às mudanças no currículo escolar e chegou a pintar alguns retratos de líderes soviéticos para complementar sua renda. Em julho de 1941 a cidade volta a ser ocupada pelos alemães. Impedido de exercer a função de professor e fraco demais para realizar trabalhos braçais, Schulz esteve sob a "proteção" de um oficial da Gestapo, o que lhe permitiu prover o sustento da irmã, do sobrinho e de uma prima. Além dos serviços realizados diretamente para o seu protetor — retratos a óleo e uma série de afrescos no quarto de seu filho —, Schulz trabalhou também na catalogação de livros e obras de arte confiscados pela Gestapo. No final de novembro, todos os judeus da cidade foram confinados em um gueto improvisado. Schulz, antes de se mudar, teria distribuído seus desenhos e escritos entre amigos católicos.

Schulz passou a maior parte do seu último ano de vida enfermo. Conseguiu um passaporte falso, juntou algum dinheiro e, depois de muito protelar a fuga, acabou escolhendo uma data: 19 de novembro de 1942. Na manhã desse dia, tendo acabado de receber a sua cota de pão, Bruno Schulz foi assassinado no meio da rua por um oficial alemão que era rival do seu protetor; nesse dia, que ficou conhecido como quinta-feira negra, 230 judeus foram assassinados nas ruas de Drohobycz.

A memória de Bruno Schulz passou despercebida por mais de uma década. Foi apenas em 1957 que a sua obra voltou a ser publicada, por esforços do crítico Artur Sandauer, que assina o importante ensaio "A realidade degradada" ("Rzeczywistość zdegradowana", 1956), uma das primeiras tentativas de compreender o universo schulziano; nessa edição aparece pela primeira vez em livro o conto "O cometa". Em 1964 surge o volume *Proza*, organizado por Jerzy Ficowski, que reúne sob o título "fragmentos de prosa" o restante das narrativas avulsas aqui incluídas, com exceção do fragmento "A primavera". Ao longo dos anos 1960 começam a surgir as primeiras traduções de Bruno Schulz.

Em 1967 vem à luz *Regiony wielkiej herezji* (*Regiões da grande heresia*), de Jerzy Ficowski, uma biografia que levou mais de uma década de pesquisa e coleta de materiais, e que desde então teve algumas edições expandidas. Por meio de depoimentos reunidos por Ficowski, sabemos que Schulz tinha outras obras terminadas, que desapareceram por completo. Durante a ocupação soviética, enviou à redação da revista *Nowe Widnokręgi*, associada à União dos Escritores Soviéticos, um conto sobre um sapateiro e seu filho deformado, que se parecia com um tamborete; o conto foi rejeitado, e Schulz teria ouvido de um dos editores: "Não precisamos de outro Proust". Em 1940, enviou a Thomas Mann, por meio de uma amiga em comum, um conto chamado "Die Heimkehr" ("O retorno"), escrito em alemão, mas não se sabe se o célebre romancista chegou a recebê-lo; essa mesma peça teria sido rejeitada, no mesmo ano, pela casa editorial Inoizdat, de Moscou. Schulz havia também finalizado um terceiro volume de contos, consistindo de quatro narrativas longas, cada uma associada a uma estação do ano. No entanto, a obra perdida mais ansiada pelos seguidores de Schulz é o romance *O messias*, de cuja existência entre os manuscritos perdidos é possível apenas especular. São muitas as alusões ao romance na correspondência do autor, e a primeira publicação do conto "A época genial" levava a rubrica: "Fragmento do romance *O messias*" — o conto acabou sendo incluído como um texto autônomo em *Sanatório sob o signo da clepsidra*; outro conto, "A pátria", parte das "outras narrativas", foi publicado originalmente com a seguinte nota: "fragmento de uma peça maior". Segundo um depoimento recolhido por Ficowski, Schulz passou seus últimos meses de vida conversando com as pessoas no gueto e tomando notas e mais notas para uma obra volumosa, na qual pretendia tratar do "mais terrível martírio da história".

A obra de Bruno Schulz já foi publicada em mais de quarenta idiomas. Em Portugal, o conto "A anunciação" foi vertido por José Saramago a partir do espanhol (em *Contos polacos*, Lisboa, Estampa, 1977), e mais tarde surgiram as traduções de Aníbal Fernandes, a partir do inglês e do francês: *Tratado dos manequins ou O segundo génesis* (Lisboa, Assírio & Alvim, 1983) e *As lojas de canela* (Assírio & Alvim, 1987). No Brasil, o conto "Sanatório sob o signo da clepsidra" foi traduzido — via francês, ao que parece — por Leda Carolina de Faleiros Costa, com o título "O sanatório do coveiro" (*Revista Escrita*, n° 36, 1986, pp. 9-19). É só na década de 1990 que surge a primeira tradução feita diretamente do polonês. A hoje consagrada tradução de Henryk Siewierski saiu originalmente em dois volumes, *Sanatório* (1994) e *Lojas de canela* (1997), pela Coleção Lazuli da editora Imago. Em 2012 ela foi reeditada pela Cosac Naify em um único volume, intitulado *Ficção completa*, com a adição de quatro contos avulsos. Para a presente edição, novamente em dois volumes, o texto foi mais uma vez revisado e cotejado com o original polonês. Este primeiro volume, *Lojas de canela*, conta com um texto inédito em língua portuguesa: o fragmento "A primavera".

SOBRE O TRADUTOR

Henryk Siewierski, nascido em Wrocław, Polônia, em 1951, é Doutor em Ciência da Literatura pela Universidade Jaguelônica, de Cracóvia, onde lecionou de 1975 a 1981. De 1981 a 1985 foi Leitor de Língua e Literatura Polonesa na Universidade de Lisboa, e em 1986 veio ao Brasil à convite da Fundação Nacional Pró-Memória, e desde então atua como professor do Departamento de Teoria Literária e Literaturas da Universidade de Brasília (UnB). Foi editor da revista *Aproximações: Europa de Leste em Língua Portuguesa* (1986-1991) e diretor da Editora UnB, onde coordenou a coleção bilíngue "Poetas do Mundo".

É autor, entre outros títulos, de *História da literatura polonesa* (Editora UnB, 2000), *Raj nie do utracenia: Amazońskie silva rerum (Um paraíso imperdível: silva rerum amazônico*, Universitas, 2006), *Livro do rio máximo do Padre João Daniel* (EDUC, 2012) e dois livros de poemas, escritos em português: *Outra língua* (Ateliê Editorial, 2007) e *Lago salgado* (7 Letras, 2012). Além da ficção completa de Bruno Schulz, traduziu *Os filhos de Caim: vagabundos e miseráveis na literatura europeia (1400-1700)*, de Bronisław Geremek (Companhia das Letras, 1995), *Senhorita ninguém*, de Tomek Tryzna (Record, 1999), *Uma missa para a cidade de Arras* e *A bela senhora Seidenman*, de Andrzej Szczypiorski (Estação Liberdade, 2001 e 2007), *Um bárbaro no jardim*, de Zbigniew Herbert (Âyiné, 2018) e *Nova cosmogonia e outros ensaios*, de Stanisław Lem (Perspectiva, 2019). Em parceria com Marcelo Paiva de Souza, traduziu *Não mais*, de Czesław Miłosz (Editora UnB, 2003). Organizou a coletânea polonesa *33 wiersze brazylijskie (33 poemas brasileiros*, Biblioteka Iberyjska, 2011). Em parceria com Agostinho da Silva, traduziu *Mensagem*, de Fernando Pessoa, para o polonês (Biblioteka Iberyjska 2006).

Este livro foi composto em Sabon pela Bracher & Malta, com CTP e impressão da Edições Loyola em papel Pólen Soft 80 g/m² da Cia. Suzano de Papel e Celulose para a Editora 34, em outubro de 2019.